동물
농장

MINI BOOK
CLOUD
LIBRARY
02

동물
농장

조지 오웰 지음
안영준 옮김

생각뿔

차례

1

그날 밤, 매너 농장의 존스 씨는 닭장 출입구를 잠그긴 했지만 술에 너무 취해서 닭장의 작은 쪽문을 닫는 걸 까먹었다. 그가 술에 취해 비틀거리면서 마당을 가로질러 가는 동안, 그의 손에 들려 있던 등불의 둥근 불빛도 그가 걸을 때마다 이리저리 춤을 추듯이 움직였다. 그는 뒷문으로 들어가 장화를 마구 차서 벗어던져 버린 뒤, 부엌 술통에 남아 있던 맥주 한 잔을 마지막으로 따라 마셨다. 그러고 나서 침대에서 한창 코를 골며 자고 있던 아내 곁으로 기어들어갔다.

존스 씨의 침실 불이 꺼지자마자, 농장 안의 모든 축사에서는 날개를 퍼덕거리거나 부스럭거리는 소리가 부산스럽게 들려오기 시작했다. 돼지 품평회에 나가서 '미들 화이트 상'

을 수상한 늙은 수퇘지 메이저가 전날 밤 이상한 꿈을 꾸었는데, 그가 농장 동물들에게 자신이 꾸었던 꿈 이야기를 들려주고 싶어 한다는 소문이 하루 종일 농장 안에 쫙 퍼졌기 때문이었다. 존스 씨가 완전히 잠에 곯아떨어질 때, 농장 동물들은 큰 헛간에 모이기로 약속했다. 원래 늙은 수퇘지 메이저는 돼지 품평회에 나갔을 때의 이름이 '윌링던 뷰티'였다. 하지만 동물들은 평소엔 그냥 편하게 '메이저'라고만 불렀다. 농장 동물들은 메이저를 무척 존경했기 때문에, 그가 하는 이야기를 듣기 위해서라면 한 시간쯤은 잠을 덜 자도 상관없다고 여겼다.

넓은 헛간의 한쪽 끝 대들보에는 등이 매달려 있었고, 그 아래에는 높게 쌓아올린 연단이 만들어져 있었다. 메이저는 그 연단 위에서 짚단을 바닥에 깐 채 편안히 앉아 있었다. 그는 동물치고는 많은 나이인 열두 살이었다. 최근 들어 살이 더 쪘고, 송곳니는 한 번도 자른 적이 없었다. 하지만 그는 여전히 당당하고 현명하며 인자해 보였다. 농장 동물들이 헛간 안에 하나둘 모여들었고, 제각기 자신들만의 방식대로 편안히 자리를 잡았다. 가장 먼저 블루벨, 제시, 핀처라는 세 마리의 개들이 도착했다. 그다음에는 돼지들이 들어와서, 연단 바로 앞에 놓인 짚 위에 자리를 잡았다. 암탉들은 창턱에 올라앉았고, 비둘기들은 날개를 푸드덕거리며 서까래로 올라갔다. 양과 암소들은 돼지들 뒤편에 앉아서 되새김질을 하기 시작했다. 짐수레를 끄는 말, 클로버와 복서는 혹시라도 짚 밑에 작은 동물들이 숨어 있어 밟히지 않을까 하여 조심스럽게 걸어 들어왔다. 그들은 털이 뒤덮인 큰 발굽을 천천히 아주 조심스럽게 옮기며 들어왔다. 클로버는 이미 중년에 접어든 뚱뚱하지만 인자한 성품을 지닌 암말로, 네 번째 새끼를 낳은 뒤, 아쉽게도 예전의 아름다운 몸매를 되찾지는 못했다. 복서는 키가 거의 열여덟 뼘이나 되는 큰 몸집을 가진 말이다. 그는 보통 말 두 마리의 힘을 합쳐 놓을 만큼의 어마어마한 괴력을 가졌다. 복서는 코 아래까지 내려온 흰 줄 때문에 그런지 약간 멍청해 보였고, 실제로도 머리가 그리 좋은 편은 아니었다. 하지만 늘 한결같고 꿋꿋한 성격을 지녔으며, 일할 때만큼은 엄청난 힘을 보여 주었기 때문에 농장의 동물들은 누구나 그를 존경하고 있었다. 말들의 뒤를 이어, 흰 염소 뮤리얼과 당나귀 벤저민이 들어왔다. 이 농장에서 가장 나이가 많은 벤저민은 성질이 고약하기로 유명했다. 벤저민은 평소에 말수가 아주 적었지만, 어쩌다 입을 한번 열기만 하면 삐딱하게 비꼬는 말을 늘어놓기 일쑤였다. 예를 들어, 하느님이 자신에게 파리를 쫓으라고 꼬리를 달아 주신 모양이지만, 차라리 꼬리도 없고 파리도 없었다면 더 좋지 않았겠냐고 말하는 식이었다. 농장의 수많은 동물들 가운데서 벤저민만이 단

한 번도 웃지 않았다. 왜 한 번도 웃지 않느냐며 그 이유를 물어보면, 웃을 만한 일이 하나도 없기 때문이라고 답하곤 했다. 그래도 벤저민은 겉으로 드러내어 밝힌 적은 없지만 마음속으로는 복서를 좋아하고 있었다. 일요일마다 벤저민과 복서는 과수원 너머의 작은 목장으로 가서 말없이 나란히 함께 풀을 뜯어 먹으며 시간을 보내곤 했다.

복서와 벤저민이 막 자리를 잡자마자, 어미를 잃은 새끼 오리 한 무리가 줄을 지어 헛간 안으로 들어왔다. 새끼 오리들은 가냘픈 소리를 내면서 다른 동물들의 발굽에 밟히지 않을 만한 안전한 자리를 찾느라 이리저리 돌아다녔다. 클로버가 큰 앞발을 이용하여 새끼 오리 주변에 울타리 같은 공간을 만들어 주자, 새끼 오리들은 그 안으로 들어가 자리를 잡고서 금세 잠이 들어 버렸다. 바로 그때, 존스 씨의 마차를 끄는 흰색 암말 몰리가 도착했다. 예쁘긴 하지만 멍청한 몰리는 각설탕 한 덩어리를 입으로 오물거리면서, 우아한 자태를 뽐내며 들어왔다. 몰리는 연단 앞쪽에 자리를 잡고 앉아, 흰 갈기에 매달린 붉은 리본을 자랑하려고 갈기를 조금씩 흔들어대기 시작했다. 맨 마지막으로 도착한 동물은 고양이였다. 고양이는 항상 그랬던 것처럼 가장 따뜻한 자리가 어디일지 주변을 두리번거리다가 복서와 클로버 사이를 비집고 들어갔다. 거기서 고양이는 메이저가 연설하는 내용에 한 번도 귀를 기울이지 않은 채 연설이 끝날 때까지 기분 좋은 듯 혼자서 가르 랑거렸다.

　이렇게 하여, 길들인 집까마귀 모지즈를 빼면 농장의 모든 동물들이 다 모였다. 모지즈는 존스 씨의 집 뒷문 뒤쪽에 있는 횃대에서 잠을 자고 있었다. 메이저는 동물들이 모두 편안하게 자리를 잡고 집중하여 자신의 연설을 기다리는 것을 보자, 목소리를 잘 가다듬고 본격적으로 연설을 하기 시작했다.

　"동무들, 여러분은 내가 어젯밤에 이상한 꿈을 꾸었다는 소문을 익히 전해 들었을 걸로 압니다. 하지만 그 이상한 꿈 이야기는 나중에 하기로 합시다. 먼저, 다른 이야기부터 하기로 하지요. 동무들, 나는 앞으로 여러분과 함께 지낼 날들이 그리 오래 남아 있지 않다는 걸 잘 알고 있습니다. 그래서 내가 죽기 전에 그동안 내가 얻었던 삶의 지혜를 여러분들에게 전해 주는 것이 내게 남겨진 의무라고 생각해 왔습니다. 나는 참 오래도 살았습니다. 또 나는 우리 안에서 홀로 누워 오랜 시간 동안 이런 저런 생각을 많이 해 보기도 했습니다. 그 덕분에 나는 지금까지 살아 온 그 어떤 동물들보다 우리 동물들의 삶이 어떠한지 잘 이해하고 있다고 자부합니다. 내가 오늘 여러분에게 말하고자 하는 것도 바로 이 문제와 관련이 있습니다.

자, 동무들! 지금 우리는 어떠한 삶을 살아가고 있습니까? 우리 앞에 놓인 현실을 똑바로 진지하게 살펴봅시다. 우리네 삶은 비참하고 고달프며 짧습니다. 우리는 이 세상에 태어난 직후부터 목숨을 간신히 부지할 만큼 적은 양의 먹이만을 받아먹고, 일할 수 있는 동물들의 경우에는 목숨이 붙어 있는 마지막 순간까지 일하도록 강요당하고 있습니다. 그러고 나서 더 이상 아무 쓸모가 없게 되었다고 여겨지는 날, 아주 처참하게 살육당하고 맙니다. 영국에서 살고 있는 동물들은 한 살이 넘으면 행복이나 여가가 무슨 뜻인지 전혀 알지 못합니다. 영국에서 살고 있는 모든 동물들은 전혀 자유를 누리며 살고 있지 않습니다. 우리 동물들의 삶은 비참한 노예 상태 그 자체입니다. 이는 명명백백한 진실입니다.

하지만 이것이 진정한 자연의 섭리라고 할 수 있을까요? 우리가 사는 이 나라 땅이 너무나 척박해서 우리가 여유로운 생활을 누릴 수 없는 것일까요? 아니요, 아닙니다. 동무들, 결코 그렇지 않습니다! 우리 영국은 땅이 기름지고 기후가 좋아서 현재 살고 있는 동물들보다 훨씬 더 많은 수의 동물들이 산다 해도 그 동물들을 먹여 살리고도 남을 만큼 충분한 식량을 보유하고 있습니다. 우리 농장만 하더라도 말 열두 마리, 암소 스무 마리, 양 수백 마리를 먹여 살릴 수 있습니다. 게다가 우리는 상상할 수 없을 만큼 안락하고 품위 있는 생활을 보장해 줄 수 있습니다. 그렇다면 우리는 왜 이런 비참한 상태로 살 수밖에 없는 걸까요? 우리가 힘들게 노동해서 생산한 것들 대부분을 인간이 빼앗아 가기 때문입니다. 동무들, 우리가 안고 있는 문제를 해결해 줄 정답이 바로 여기에 있습니다. 한마디로 정리하면 모든 문제의 근원은 '인간'입니다. 인간이야말로 우리의 유일한 진짜 적입니다. 인간을 몰아내면 우리의 굶주림과 고된 노동으로 생긴 피로의 근원이 영원히 사라질 것입니다.

인간은 생산은 하지 않으면서 소비만 하는 유일한 동물입니다. 그들은 젖을 만들지도 못하고, 알을 낳지도 못할 뿐만 아니라, 힘이 너무 약해서 쟁기도 끌지 못하며, 토끼를 잡을 만큼 빨리 달리지도 못합니다. 그렇지만 그들은 모든 동물을 거느리는 주인 노릇을 하고 있습니다. 인간은 동물들을 부려먹고 굶어죽지 않을 정도의 먹이만 주고, 그 나머지는 모두 자기가 차지하고 있습니다. 우리는 우리의 노동력으로 이 땅을 갈고 우리의 배설물로 이 땅을 기름지게 합니다. 하지만 우리에게는 몸뚱어리 하나 빼고 남아 있는 게 하나도 없습니다. 지금 내 앞에 있는 암소 동무들에게 한 가지 묻겠습니다. 혹시 여러분은 지난 한 해 동안 여러분이 짜낸 우유가 얼마나 되는지 알고 계십니까? 여러분의 송아지들을 건강하게 키우는 데 쓰였어야 할 그 우유는 모두 다 어디로 갔습니까? 마지막 한 방울까지 모조리 적들의 목구멍 안으로 넘어가고 말았습니다. 암탉 동무 여러분, 지난 한 해 수없이 많은 알을 낳았지만 그중에서 병아리로 부화한 알은 얼마나 됩니까? 나머지 알들은 존스 씨와 그 일당들의 주머니를 두둑하게 불리기 위해 몽땅 시장으로 팔려 나갔습니다. 아, 또 클로버 동무! 당신이 낳은 네 마리 망아지들은 지금 어디에 있나요? 노후에 당신을 부양하고, 당신에게 위안이 되어 줄 새끼들 말이에요. 당신 새끼들은 한 살이 되자마자 모두 팔려 나갔습니다. 당신은 그 아이들을 결코 다시는 만날 수 없을 거예요. 네 번에 걸친 출산과 밭에서 고되게 땀 흘린 대가로 당신에게 돌아간 건 도대체 뭐죠? 간신히 목숨을 부지할 정도의 먹이와 그 잘난 마구간 말고 뭐가 더 남아 있단 말이죠?

더군다나 우리는 비참한 삶을 살면서도 우리에게 주어진 수명을 끝까지 누릴 수조차 없습니다. 나는 운이 좋은 편이라 불평하고 싶은 마음은 없습니다. 나는 다행히 열두 해나 살았고, 내가 퍼뜨린 자손만 해도 400마리가 넘었으니 말이죠. 이것이 돼지가 누릴 수 있는 자연스런 수명일 테지요. 하지만 그 어떤 동물들도 결국엔 잔인한 칼날을 피할 도리가 없습니다. 내 앞에 앉아 있는 젊은 식용 돼지 동무들, 당신들도 1년 안에 도살장으로 끌려가 비명을 지르다가 죽음을 맞이할 게 분명합니다. 우리 동물들은 이런 끔찍한 공포의 순간을 결코 피할 수 없습니다. 암소, 돼지, 암탉, 양, 그 누구도 예외가 없습니다. 말이나 개라고 해서 더 나은 운명을 타고 났다고는 할 수 없지요. 복서 동무, 당신의 건장한 근육에 힘이 완전히 빠진 그날, 존스 씨는 당신을 도살장에 팔아넘길 게 뻔합니다. 그리고 나면 도축업자는 당신의 목을 벤 뒤 펄펄 끓는 물에 삶아서 사냥개들의 먹이로 던져 주겠지요. 한편, 존스 씨는 개들이 나이를 먹어서 이빨이 다 빠지고 나면 목에 무거운 벽돌을 매달고 나서 가까운 연못에 데리고 가 빠뜨려 죽일 겁니다.

동무 여러분, 이쯤 되면 우리네 삶의 모든 불행이 인간의 횡포에서 비롯되었다는 사실이 더욱 뚜렷해지는 게 아닐까요? 인간을 몰아내기만 하면 우리가 그동안 땀 흘려 생산해 낸 것들은 모조리 우리의 것이 됩니다. 하룻밤 사이에 우리는 부자가 되고 자유의 몸이 될 겁니다. 그러면 우리는 지금 당장 무엇을 해야 할까요? 우리는 인간들을 몰아내기 위해 밤낮으로 몸과 마음을 다 바쳐 혼신의 노력을 기울여야 합니다. 동무 여러분, 내가 여러분에게 전하고 싶은 메시지는 바로 이것입니다. '자, 반란을 일으킵시다!'

나는 반란을 일으킬 '그날'이 언제 올지 모릅니다. 일주일 뒤에 올 수도 있고, 아니면 백 년 뒤에 올 수도 있습니다. 하지만 내가 내 발 밑의 지푸라기를 보는 것처럼, 분명히 얼마 지나지 않아 정의가 곧 실현되리라 굳게 믿고 있습니다. 동무들, 아무리 여러분의 삶이 짧게 남았다 하더라도 이러한 목적의식에 온 정신을 집중합시다! 그리고 무엇보다 나의 이런 메시지를 다음 세대에 전하여, 그 세대가 계속해서 투쟁하여 반드시 승리를 거머쥘 수 있도록 합시다.

동무들, 여러분들의 결심이 절대 흔들려서는 안 된다는 걸 명심하세요. 혼란을 부추기는 그 어떤 말에도 절대 흔들려서는 안 됩니다. 인간과 동물이 공동의 이해관계를 갖고 있다든지, 한쪽의 번영이 다른 한쪽의 번영에 도움이 된다든지 하는 새빨간 거짓말에 결코 귀를 기울여서는 안 됩니다. 인간이란 자기 자신 말고는 그 어떤 동물의 이익에도 전혀 관심이 없는 존재들입니다. 그렇기 때문에 우리 동물들은 인간과 싸우기 위해 완벽한 단결과 온전한 동지애를 구축해야 합니다. 모든 인간은 우리의 적이고, 모든 동물은 우리의 동지입니다."

바로 이때 큰 소동이 일어났다. 메이저가 연설하는 동안, 커다란 쥐 네 마리가 쥐구멍에서 기어 나와 자리에 쭈그려 앉은 채 메이저의 이야기를 경청하고 있었다. 이때 개들이 쥐들을 발견하자, 쥐들은 재빨리 쥐구멍 안으로 뛰어 들어가 간신히 목숨을 건졌다. 메이저는 자신의 앞발을 들어 동물들을 조용히 진정시키며 말했다.

"동무들, 여기서 결정해야 할 문제가 하나 있습니다. 들쥐나 산토끼 같은 야생 동물들은 과연 우리들의 동무입니까, 아니면 적입니까? 우리 모두 이 문제를 투표로 결정해 봅시다. 나는 오늘 이 자리에서 이 문제를 안건으로 제안할 것입니다. 들쥐는 우리와 같은 동무입니까?"

곧바로 투표가 진행되었고, 대다수의 동물들이 들쥐를 자신들과 같은 동무로 결정했다. 반대표는 네 표밖에 되지 않았다. 개 세 마리와 고양이 한 마리만 반대표를 던졌다. 하지만 나중에 고양이가 찬반 양쪽에 모두 표를 던졌음이 밝혀졌다. 메이저는 계속 말을 이어 나갔다.

"나는 지금 더는 할 말이 없습니다. 단지 거듭 밝히고 싶은 건 인간과 인간이 하는 모든 행동에 대해 적개심을 유지하는 일이 여러분이 할 수 있는 최소한의 의무라는 사실입니다. 두 발로 걷는 자는 그 무엇이건 우리 동물들의 적입니다. 네 발로 걷는 자, 그리고 날개를 가진 자는 그 무엇이건 간에 우리 동물들의 친구입니다. 또 인간과의 싸움에서 우리 동물들이 잊지 말아야 할 점은 절대로 인간을 흉내 내서는 안 된다는 것입니다. 만일 여러분들이 인간을 정복했다고 하더라도 인간이 갖고 있는 악습을 결코 따라 해서는 안 됩니다. 어떤 동물들도 인간처럼 집에서 살거나, 침대에서 잠을 자거나, 옷을 입고 다니거나, 술을 마시거나, 담배를 피우거나, 돈을 만지거나, 장사를 해서도 안 됩니다. 인간이 갖고 있는 습성은 하나같이 사악합니다. 또 무엇보다도 우리 동물들은 같은 동족을 절대로 억압해서는 안 됩니다. 왜냐하면 약자나 강자나, 똑똑한 자나 어리석은 자나 우리 모두는 형제이기 때문입니다. 그 누구라도 다른 동물들을 죽여서는 안 됩니다. 모든 동물은 평등합니다.

동무들, 자 그럼 지금부터 어젯밤에 꾸었던 저의 꿈 이야기를 시작하겠습니다. 하지만 안타까운 점은 제가 여러분들에게 그 꿈 이야기를 아주 자세히 들려줄 수 없다는 겁니다. 그 꿈은 세상에서 인간이 없어지고 난 뒤에 벌어진 일을 다룬 것이었죠. 하지만 그 꿈 때문에 나는 오랫동안 잊고 지냈던 한 가지 생각을 떠올려 낼 수 있었습니다. 오래 전, 내가 새끼 돼지였을 때, 우리 어머니와 다른 암퇘지들은 옛날 노래 한 곡을 늘 함께 따라 부르곤 했습니다. 그런데 그들은 그 노래의 가락과 가사를 처음 세 마디만 알고 있었습니다. 나도 어린 시절에는 그 가락을 잘 알고 있었지만, 이미 오래 전에 완전히 잊어먹었습니다. 그런데 지난밤 꿈속에서 그 가락을 또렷이 기억해 낼 수 있었습니다. 그뿐만이 아닙니다. 그 노래의 가사까지도 되살아났습니다. 옛날에는 동물들이 그 가사를 함께 즐겨 불렀습니다. 하지만 세월이 흐르면서 우리들 기억 속에서 조금씩 잊힌 게 분명합니다. 동무들, 지금부터 내가 알고 있는 그 노래를 여러분들에게 들려 드리겠습니다. 나는 나이를 먹어서 목소리가 쉬어 버렸습니다. 하지만 내가 여러분들에게 그 노래 가락을 알려주면 여러분들은 잘 따라 부를 수 있을 겁니다. 그 노래의 제목은 바로 〈영국의 등물들〉입니다.”

메이저는 목소리를 가다듬은 뒤 노래를 부르기 시작했다. 그는 자신이 한 말처럼 목소리는 쉬었지만 노래 실력은 수준급이었다. 그 노래는 〈클레멘타인〉과 〈라 쿠카라차〉를 합쳐 놓은 것 같은 심금을 울리는 가락으로 들렸다. 노래 가사는 다음과 같았다.

영국의 동물들아, 아일랜드의 동물들아,
온 세상 동물들아,
황금빛 찬란한 미래를 알리는
기쁜 소식을 들어라.

머지않아 그 날이 오면,
폭군 인간이 물러나고
영국의 풍요로운 들판에

오로지 동물들만이 활보하리.

코에서 코뚜레 사라지고
등에서 멍에 사라지네,
재갈과 박차는 영원히 녹슬고
잔인한 채찍 사라지리.

못다 누릴 풍요,
밀과 보리, 귀리와 건초,
토끼풀과 콩, 근대는
그 날이 오면 우리 모두의 것.

영국의 들판은 찬란히 빛나고,
강과 시내는 더욱더 맑아지리.
불어오는 미풍, 더욱더 달콤하리.
우리 자유의 그 날에는.
그 날을 위해 우리 모두 일하리,
그 날이 오기 전에 우리 죽을지라도
암소도 말도, 거위도 칠면조들도,
모두 우리 자유를 위해 일하리.

영국의 동물들이여, 아일랜드의 동물들이여,
온 지역 온 나라의 동물들이여,
황금빛 찬란한 미래의 기쁜 소식을
귀 기울여 듣고 드넓게 전파하라.

메이저가 노래를 부르자 모든 동물들은 흥분했다. 메이저가 노래를 미처 끝내기도 전에 동물들은 그 노래를 따라 불렀다. 머리가 가장 나쁜 동물들까지도 이미 몇 소절의 가사를 가락에 맞추어 흥얼거릴 수 있었다. 돼지나 개처럼 영리한 동물들은 몇 분이 지나지 않아 노래 전체를 완전히 외워 버렸다. 그러고 나서 몇 번 더 연습을 마친 뒤, 농장의 모든 동물들은 〈영국의 동물들〉을 농장 전체가 떠나갈 듯이 우렁차게 합창했다. 암소는 음매, 개는 멍멍, 양은 매에, 말은 히히힝, 오리는 꽥꽥 하면서 노래를 불렀다. 그들은 노래를 부르다가 흥에 겨운 나머지 이어서 다섯 번이나 불렀다. 중간에 누가 막지 않았더라면 밤새도록 노래를 불렀을 것이다.

안타깝게도 이 소란스런 노랫소리 때문에 존스 씨가 잠에서 깨고 말았다. 그는 자신의 농장에 여우가 들어왔다고 생각하여 자리를 박차고 일어났다. 그러고 나서 존스 씨는 침실 구석에 놓여 있던 소총을 집어 들고 나서, 어둠 속을 향해 여섯 발의 총알을 쏘았다. 총알이 헛간 벽에 그대로 박혔고, 동

물들의 모임은 순식간에 끝이 났다. 모든 동물들은 자신의 잠
자리로 흩어졌다. 새들은 횃대로 날아갔고, 다른 동물들은 짚
더미 안으로 들어갔다. 그렇게 농장 안의 모든 동물들은 순식
간에 잠 속으로 빠져들었다.

2

그 일이 있고 나서 사흘 후, 메이저는 잠을 자다가 편안하게 세상을 떠났다. 그의 시체는 과수원 아래 기슭에 묻혔다.

이 모든 게 3월 초에 벌어진 일이었다. 그 후 석 달 등안, 농장 안의 동물들은 매우 비밀스럽게 많은 일들을 진행했다. 메이저의 연설은 농장 안의 똑똑한 동물들에게 예전과 다른 완전히 새로운 생각에 눈을 뜨게 했다. 그들은 메이저가 예언한 반란이 언제 일어날지 전혀 알지 못했고, 그러한 반란이 그들이 살아 있을 동안에 벌어질 것이라는 근거도 갖고 있지 못했다. 하지만 그런 반란을 준비하는 것이 자기들에게 주어진 당연한 의무임은 분명히 깨닫고 있었다. 다른 동물들을 교육시키거나 조직하는 일은 자연스럽게 돼지들이 맡았다. 이는 동물농장의 동물들 가운데 가장 똑똑한 동물이 돼지라는 사실은 모두가 인정했기 때문이다. 돼지들 가운데서도 존스 씨가 팔아먹기 위해 기르고 있는 젊은 수퇘지 스노볼과 나폴레옹이 가장 뛰어났다. 나폴레옹은 이 농장에서 유일한 버크셔종 수퇘지로, 몸집이 크고 얼굴이 무척 험상궂어 보였다. 물론, 그는 말 주변이 좋지 않으며 고집이 세긴 했지만 자신의 신념을 끝까지 밀어붙이는 것으로 정평이 나 있었다. 스노볼은 나폴레옹보다 말 주변도 좋고 쾌활하며 창의력도 뛰어났다. 하지만 나폴레옹만큼 생각이 깊고 신중한 편은 아니라고 알려져 있었다. 그 밖의 농장의 돼지들은 모두 다 식용 돼지들이었다. 그들 가운데는 몸집이 작고 통통한 스퀄러라는 돼지가 가장 잘 알려져 있었다. 스퀄러의 뺨은 둥글고, 눈은 반짝거렸으며, 동작은 재빠르고, 목소리는 날카로웠다. 게다가 그는 말 주변이 무척 뛰어난 연설가로, 어려운 문제를 논의할 때는 꼬리를 흔들며 뛰어다니는 버릇을 갖고 있었다. 하지만 이런 특별한 모습이 타인에게는 매우 설득력 있는 몸짓으로 비쳐졌다. 다른 동물들은 스퀄러가 검은색을 흰색으로 바꿀 수 있을 만한 능력을 갖추었다고 이야기했다.

스노볼, 나폴레옹, 스퀄러, 이들 세 마리의 돼지들은 메이저의 가르침을 완벽한 사상체계로 정립했다. 그들은 메이저의 사상체계에 '동물주의'라는 이름을 붙였다. 일주일에 며칠

밤씩, 그들은 존스 씨가 잠든 사이에 농장 헛간에서 비밀 모임을 갖고, 다른 동물들에게 동물주의의 원리를 설명해 주었다. 처음에 머리가 덜 깨인 동물들은 동물주의의 원리를 도저히 이해하지 못했고, 흥미를 갖지 못해서 냉담하게 반응했다. 동물들 가운데는 존스 씨를 '주인님'이라고 부르면서 그에 대한 충성 서약을 맺는가 하면, "존스 씨는 우리들을 먹여 살리는 분이시다. 그분이 사라지고 나면 우리는 굶어 죽을 게 뻔하다."는 식의 치졸한 발언을 내뱉기도 했다. 한편, 어떤 동물들은 "우리가 죽고 난 뒤의 일에 뭣 하러 신경을 쓰냐 말인가?" 혹은 "만일 이 반란이 반드시 일어나기로 예정되어 있다면, 우리가 노력하든 안 하든 무슨 차이가 있단 말인가?"와 같은 반문을 던지기도 했다. 이런 탓에, 동물주의를 주장하는 돼지들은 이러한 동물들의 고정화된 사고방식이 동물주의 정신에 어긋난다는 사실을 설파하느라 어려움을 겪었다. 그 가운데서 가장 바보 같은 질문을 던진 동물은 흰 암말 몰리였다. 몰리는 스노볼에게 가장 먼저 이런 질문을 했다.

"반란을 일으킨 뒤에도 설탕을 구할 수 있을까요?"

스노볼은 "아니오!" 하고 딱 잘라 대답했다.

"이 농장에 설탕을 제조하는 시설은 없습니다. 게다가 우리한테 설탕이 반드시 필요한 건 아니지 않습니까? 하지만 귀리나 건초는 당신이 먹고 싶은 대로 얼마든지 먹을 수 있게 될 겁니다.”

그 말에 몰리가 되물었다.

“그럼, 그때도 제 갈기에 리본을 달고 다녀도 괜찮나요?”

“동무, 당신이 그토록 소중하게 여기는 리본이 실제로는 노예의 증표란 말입니다. 동무는 그런 리본보다 당신의 자유가 더욱더 귀중하다는 사실을 이해하지 못하고 있나요?”

몰리는 스노볼이 한 말에 동의했지만, 완전히 납득하지는 못했다.

돼지들은 길들인 집까마귀 모지즈가 퍼뜨리고 다니는 헛소문에 신경을 쓰느라 애를 먹었다. 존스 씨에게 귀여움을 받는 모지즈는 동물들 사이에서는 첩자이자 고자질쟁이였지만 매우 똑똑한 이야기꾼이기도 했다. 그는 동물들이 죽으면 모두 다 ‘슈가캔디 마운틴’이라는 신비로운 나라에 가게 된다고 주장했다. 모지즈는 ‘슈가캔디 마운틴’이 하늘 높이 떠 있는 구름 저편 어딘가에 존재한다고 말했다. 게다가 모지즈는 그 나라에서는 일주일이 모두 일요일이고, 1년 내내 토끼풀이 자라며, 울타리에는 각설탕과 아마인 깻묵이 자라고 있다고 했다. 동물들은 수다만 떨고 도무지 일은 하지 않는 모지즈를 미워했다. 하지만 어떤 동물들은 ‘슈가캔디 마운틴’이 정말로 존재하는 나라라고 믿고 있었다. 그렇기 때문에 돼지들은 그런 나라가 절대로 존재하지 않는다며 다른 동물들을 설득하느라 애를 써야 했다.

돼지들을 따르는 가장 충실한 제자는 복서와 클로버였다. 이 두 마리의 말들은 자기들 스스로 무언가를 착안해 내는 능력은 부족했다. 하지만 그들은 돼지들을 스승으로 모시고 나서부터는 돼지들이 전하는 말이면 무엇이든 간에 빠짐없이 받아들였고, 스승의 가르침을 잘 정리하여 다른 동물들에게 아주 쉽게 알려주었다. 복서와 클로버는 헛간에서 벌어지는 비밀 모임에 늘 참석했고, 이들 모임에서 복서와 클로버가 선창하는 〈영국의 동물들〉을 부르는 것으로 끝나곤 했다.

메이저가 예언한 '반란'은 예상 밖으로 아주 빨리, 그리고 생각한 것보다 훨씬 수월하게 이루어졌다. 오랜 세월 동안, 존스 씨는 엄한 주인이었지만 능력 있는 농장주였다. 하지만 최근 들어 그는 불운한 나날을 힘들게 보내고 있었다. 존스 씨는 소송에 휘말려 큰돈을 날리고 나서, 울적한 마음에 빠져 건강을 해칠 정도로 많은 양의 술을 퍼마셔 댔다. 어떤 때는 몇 날 며칠을 식당에 있는 등 높은 윈저 의자에 몸이 축 늘어지게 달라붙어 앉아 있었다. 그는 여기서 신문을 읽으며 술을 마셨는데, 때로는 모지즈에게 맥주에 적신 빵조각을 먹이며 시간을 때우곤 했다. 그러자 농장 일꾼들은 반둥거리는 주인의 눈을 피해 게으름을 피우기 시작했고, 그런 탓에 밭에는 잡초가 자연스레 무성히 우거지게 되었다. 게다가 축사 지붕에는 구멍이 났고, 울타리는 무너진 채 그대로 방치되었으며, 동물들은 사료를 제대로 먹을 수조차 없었다.

6월이 되자, 다 자란 건초용 풀을 베어 버릴 때가 찾아왔다. 그런데 때는 성 요한 기념일 전날 밤 토요일이었다. 존스 씨는 월링던에 나갔다가 '레드 라이언'이라는 술집에 들러서 만취가 되어 버렸다. 결국, 그는 일요일 정오가 되어서야 비로소 농장으로 되돌아올 수 있었다. 일꾼들은 아침 일찍 암소 젖을 짠 뒤 동물들에게 먹이를 줄 생각은 까먹은 채 그냥 제멋대로 토끼 사냥을 떠나 버렸다. 농장으로 돌아온 존스 씨는 응접실 소파에 벌렁 드러누워 〈세계 뉴스〉 잡지를 얼굴에 덮은 채 잠이 들어 버렸다. 상황이 그렇게 되자, 동물들은 저녁때까지 아무것도 먹을 수 없게 되었다. 결국, 동물들은 이러한 상황을 더 이상 참을 수 없었다. 암소 한 마리가 뿔을 이용하여 사료창고를 부수고 그 안으로 들어갔다. 그러자 사료창고로 들어간 동물들은 사료 통 안에 있던 먹이를 마구 해치우기 시작했다. 존스 씨가 잠에서 깬 것은 바로 그때였다. 곧 이어 존스 씨는 손에 채찍을 든 일꾼 네 명과 함께 사료창고로 들어가, 채찍을 이리저리 마구 휘둘렀다. 이런 행동은 굶주린 동물들로서는 도저히 참을 수 없는 것이었다. 미리 약속된 일은 아니었지만, 동물들은 마치 계획된 일을 수행하듯이 가해자들에게 달려들었다. 존스 씨와 일꾼들은 여기저기서 뿔에 받히거나 발길질에 걷어차였다. 상황은 걷잡을 수 없이 급히 돌아갔다. 그들은 동물들이 이처럼 반란을 일으키는 것을 한 번도 본 적이 없었다. 지금까지 자기들 마음대로 채찍을 휘두르고, 갖은 방법으로 혹사를 시켜도 순순히 따르던 동물들이 그렇게 난동을 부려대자 깜짝 놀라 정신이 아뜩해지기까지 했다. 얼마 지나지 않아, 그들은 동물들을 방어하기를 포기하고 그대로 도망치고 말았다. 1분쯤 지난 뒤, 이들 다섯 명은 의기양양하게 추격하는 동물들에게 쫓겨, 큰길로 이어지는 마찻길을 향해서 허둥지둥 달아나 버렸다.

존스 씨의 아내는 침실 창문을 통해 그 광경을 지켜보고 있었다. 그녀는 간단한 몇 가지 소지품을 가방에 챙긴 뒤 다른 길을 통해 급히 농장을 빠져 나왔다. 집까마귀 모지즈는 횃대에서 내려와 큰 소리로 까악 까악 울어대면서 즌스 씨의 아내를 따라 날아갔다. 한편, 동물들은 존스 씨와 농장 일꾼들을 큰길로 내쫓은 다음 농장으로 되돌아왔다. 그러고 나서 빗장이 다섯 개나 되는 농장의 출입구를 '쾅' 닫아 버렸다. 이렇게 동물들은 자신들이 한 행동의 의미를 미처 알아차리기도 전에 반란을 성공적으로 완수한 셈이었다. 마침내 존스 씨는 쫓겨났고, 매너 농장은 온전히 동물들의 소유가 되었다.

처음 얼마 동안, 동물들은 자신들에게 찾아온 엄청난 행운을 믿을 수 없었다. 그들은 우선 농장 안에 인간들이 숨어 있는지 확인이라도 하듯이, 떼를 지어 농장 주변을 뛰어 다녔다. 그런 다음, 농장 축사로 돌아와 존스 씨로부터 받아 온 가증스런 지배의 흔적들을 모조리 없애고자 했다. 마구간 끝에 있던 마구 창고는 부서져서 그 입구가 활짝 열렸다. 거기 있던 재갈, 코뚜레, 개 사슬, 그리고 존스 씨가 돼지나 양을 거세할 때 썼던 흉측스런 칼은 우물 속으로 모두 던져졌다. 또 고삐, 굴레, 말들의 가죽 눈가리개, 치욕스런 여물 망태는 마당에서 불타고 있는 쓰레기 덤불 속으로 들어갔다. 채찍도 불 속으로 들어갔다. 채찍이 불 속에 들어가 활활 타오르자, 동물들은 모두 기뻐서 덩실덩실 춤추었다. 스노볼은 장에 갈 때 말갈기와 꼬리 치장으로 쓰였던 리본들을 불 속에 던져 버렸다.

스노볼이 말했다.

"리본이라고 하면…… 리본은 옷으로 간주됩니다. 다시 말해서, 옷은 인간의 표시라고 할 수 있죠. 동물이라면 모두 다 알몸으로 지내야 합니다."

이 말을 듣자마자, 복서는 여름에 귓가에서 얼쩡거리던 파리 떼를 쫓아내는 데 썼던 작은 밀짚모자를 가져와 나머지 물건들과 함께 불 속에 던져 버렸다.

아주 빠른 시간 안에 동물들은 존스 씨를 떠올리게 할 만한 물건들을 찾아 모조리 태워 버렸다. 그러고 나서 나폴레옹은 동물들을 사료창고로 데리고 갔다. 거기서 동물들에게 평소에 받아 온 분량의 두 배가 넘는 양의 옥수수를 나누어주었고, 개들에게는 비스킷 두 개씩을 주었다. 곧이어 그들은 〈영국의 동물들〉을 처음부터 끝까지 계속해서 일곱 번이나 합창을 했다. 그런 뒤, 잠자리에 들어가 지금까지 단 한 번도 맛보지 못했던 가장 편안한 잠을 잘 수 있었다.

다음 날이 되자, 동물들은 여느 때와 마찬가지로 새벽에 일찍 일어났다. 바로 전날에 있었던 영광스런 일들을 문득 떠올린 동물들은 모두 목장으로 달려갔다. 목장 바로 아래는 농장 전체를 내려다볼 수 있는 작은 언덕이 있었다. 언덕 위로 올라간 동물들은 맑은 아침 햇살 속에서 그 주변을 둘러보았다. 그렇다. 그 모든 것은 이제 그들의 것이었다. 그들 눈앞에 펼쳐져 있는 모든 것들이 그들의 소유였다. 그런 생각에 빠져 있던 동물들은 가슴이 벅차서 언덕 주변을 이리저리 달음질을 치거나, 흥에 겨워 공중으로 껑충껑충 뛰어오르곤 했다. 그들은 아침이슬에 몸을 뒹굴어 보기도 했고, 달고 단 여름풀을 한입 가득 뜯어 먹기도 했으며, 검은 흙덩어리를 힘껏 발로 차서 거기서 흘러나오는 강한 흙냄새를 맡아 보기도 했다. 그러고 나서 농장 안을 속속들이 살펴보고, 감격에 겨워 경작지, 풀밭, 과수원, 연못, 그리고 작은 숲을 자세히 둘러보았다. 동물들은 이 모든 게 난생처음 본 것처럼 무척 낯설게 여겨졌다. 게다가 이 농장의 모든 것들이 자신들의 소유라는 게 믿겨지지가 않았다.

동물들은 줄을 지어 농장 건물로 돌아와, 존스 씨의 농장 주택 문 밖에 조용히 멈춰 섰다. 물론, 농장 주택도 그들의 소유가 되었지만, 그들은 그 안으로 들어가는 걸 주저했다. 이때 스노볼과 나폴레옹이 그들의 어깨를 써서 문을 열어젖히자, 동물들은 한 줄로 서서 안으로 들어갔다. 그들은 물건들을 건드리지 않으려고 발끝만을 이용하여 아주 조심스럽게 걸어 다녔다. 또 그들은 겁을 먹은 듯, 숨을 죽여 가며 소곤거렸다. 그러고는 믿을 수 없을 만큼 화려한 사치품, 예를 들면 깃털로 만든 매트리스가 놓여 있는 침대, 큰 거울, 말총으로 만든 소파, 브뤼셀에서 만들어진 양탄자, 응접실 벽난로 위에 걸어놓은 빅토리아 여왕의 석판화들을 경외심에 가까운 눈길로 구경했다. 그러고 나서 그들은 계단을 내려오던 중에 몰리가 사라졌다는 사실을 깨달았다. 다시 돌아가 보니, 그녀는 집 안에서 가장 멋지게 꾸며진 침실에 머물러 있었다. 몰리는 존스 씨의 아내가 쓰던 화장대에서 파란색 리본을 하나 꺼내어 자신의 어깨에 걸쳐 보았다. 그러곤 넋이 완전히 나간 듯한 멍한 표정을 지은 채 거울에 비친 자신의 모습을 바라보았다. 다른 동물들은 몰리를 심하게 나무란 뒤에 밖으로 나왔다. 이때, 동물들은 부엌에 걸려 있는 햄을 밖으로 갖고 나와

서 땅에 파묻었다. 또 복서는 부엌 조리대에 놓여 있는 맥주 통을 발굽으로 차서 산산조각을 냈다. 하지만 그 밖의 다른 물건들은 건드리지 않고 그대로 두었다. 동물들 사이에서는 이 농장 주택을 박물관으로 만들어 보존하자는 안건이 즉석에서 만장일치로 통과되었다. 다시 말해, 그 어떤 동물도 인간이 살던 집 안에 들어가서 살면 안 된다는 의견이 자연스럽게 합의된 셈이었다.

동물들이 아침 식사를 마치자, 스노볼과 나폴레옹이 다시 모든 동물들을 불러 모았다.

스노볼이 말하기 시작했다.

"동무들, 현재 여섯 시 삼십 분이니까 아직도 하루가 길게 남아 있습니다. 오늘부터 건초를 수확하기로 합시다. 하지만 그 일을 하기 전에 처리할 일이 하나 있습니다."

돼지들은 지난 석 달 동안 존스 씨의 아이들이 쓰다가 쓰레기 더미에 버려 놓은 낡아빠진 철자 교본을 가지고 글을 읽고 쓰는 법을 독학으로 익혔다는 사실을 그제야 털어놓았다. 먼저, 나폴레옹은 검정색과 흰색 페인트를 가져오게 했다. 그러고 나서 모든 동물들을 큰길로 통하는 다섯 개의 빗장이 달린 농장 출입문으로 데려갔다. 또 스노볼(그는 동물들 가운데서 글씨를 가장 잘 썼다.)은 앞발의 두 발가락 사이에 붓을 끼운 다음, 가장 위 빗장에 쓰인 '매너 농장'이라는 글씨를 지운 뒤,

그 자리에 '동물농장'이라고 썼다. 앞으로 이 농장을 그렇게 부르기로 했다. 그러고 나서 모든 동물들은 농장 건물로 돌아왔고, 스노볼과 나폴레옹은 사다리를 갖고 오라고 해서 새 농장 이름을 큰 헛간 한쪽 벽에 세워 놓았다. 그들은 지난 삼 개월 동안의 연구 끝에 동물주의의 원리를 '일곱 계명'으로 요약하는 데 성공했다고 설명했다. 이 일곱 계명을 지금 헛간 벽에 쓰려고 하는데, 이 일곱 계명은 지금부터 동물농장의 모든 동물들이 영원히 지켜야 할 불변의 규율이 될 것이라고 했다. 스노볼은 힘들게(돼지가 사다리 위에서 몸을 지탱하기란 여간해서 쉬운 일이 아니었다.) 사다리를 타고 기어 올라가 그 일곱 가지 계명을 썼고, 스퀼러는 사다리 두세 계단 아래에 서서 페인트 통을 들고 있었다. 일곱 계명은 타르를 칠한 헛간 벽 위에 흰 글씨로 크게 쓰였다. 약 30미터 밖에 떨어져 있어도 충분히 읽을 수 있을 정도였다. 그 일곱 계명의 내용은 다음과 같았다.

일곱 계명

1. 두 발로 걷는 자는 모두 적이다.

2. 네 발로 걷거나 날개를 가진 자는 모두 친구이다.

3. 어떤 동물도 옷을 입어서는 안 된다.

4. 어떤 동물도 침대에서 잠을 자서는 안 된다.

5. 어떤 동물도 술을 마셔서는 안 된다.

6. 어떤 동물도 다른 동물을 죽여서는 안 된다.

7. 모든 동물은 평등하다.

일곱 계명은 깔끔하게 잘 쓰였다. 다만 'friend'라는 철자 순서가 뒤바뀌어 'freind'라고 적혀 있거나 S자 하나가 반대로 뒤집어 적힌 것을 빼고는 모든 철자가 정확했다. 스노볼은 다른 동물들에게 큰 소리로 일곱 계명을 읽어 주었다. 그들은 모두 만족한 듯 고개를 끄덕거렸고, 그중에서 머리 좋은 녀석들은 곧바로 그 일곱 계명들을 외우기 시작했다.

스노볼은 페인트 붓을 내던지면서 큰 소리로 외쳤다.

"자, 동무들. 이제 풀밭으로 갑시다! 오늘 우리의 명예를 걸고 존스 씨와 그의 일꾼들보다 더 빨리 건초 수확을 끝내 버립시다!"

바로 그 순간, 조금 전부터 몸이 좀 불편해 보였던 감소 세 마리가 큰 소리로 '음매' 하고 울어댔다. 암소들은 온종일 젖을 짜지 않아서 젖통이 퉁퉁 불어 터질 지경이었다. 돼지들은 잠시 궁리를 하고 난 뒤 양동이를 가져 오게 했다. 그리고 돼지들은 꽤 능숙하게 암소의 젖을 짜 주었다. 돼지의 앞발은 젖을 짜는 데는 안성맞춤이었다. 얼마 후 거품이 나는 크림 같은 우유로 다섯 양동이가 그득 찼고, 많은 동물들은 호기심

어린 눈길로 양동이를 바라보았다.

누군가가 물었다.

"이 많은 우유는 모두 어떻게 할 거요?"

어느 암탉이 말했다.

"존스 씨는 종종 우리 먹이에 그 우유를 타 주곤 했어요."

"동무들, 이제 우유 따위에는 신경을 쓰지 마십시오!"

나폴레옹이 우유가 담긴 양동이 앞에 서서 큰 소리로 말했다.

"이건 알아서 잘 처리할 겁니다. 지금부터는 건초 수확이 더욱 중요합니다. 스노볼 동무가 여러분을 안내해 줄 거예요. 나도 곧 따라가겠습니다. 자, 동무들, 앞으로 가세요! 건초가 여러분을 기다리고 있을 겁니다."

이렇게 해서 동물들은 건초를 베기 위해 풀밭으로 줄을 지어 갔다. 그러고 나서 동물들이 저녁에 농장으로 돌아와 보니, 우유는 감쪽같이 사라지고 말았다.

3

동물들은 건초를 수확하기 위하여 얼마나 애를 썼고 얼마나 많은 땀을 흘렸던가! 하지만 그들의 노력은 헛되지 않았다. 예상했던 것보다 건초 수확은 매우 성공적이었다.

가끔 일이 모질고 힘들기도 했다. 원래 농기구들은 인간을 위해서 만들어진 것이지, 동물을 위해서 만들어진 것은 아니었기 때문이다. 어떤 농기구라도 동물들이 뒷다리로 서지 않으면 아무 짝에도 쓸 수 없는 것들이라서 큰 낭패를 보았다. 하지만 돼지들은 아주 똑똑했기 때문에 어려운 문제를 해결할 수 있도록 새로운 해결 방안을 찾아냈다. 한편, 말들은 밭 구석구석을 아주 훤하게 알고 있었다. 실제로 풀을 베고 수확하는 일의 경우, 존스 씨와 그 일꾼들보다도 훨씬 더 잘했다.

돼지들은 직접 일하지 않고, 다른 동물들을 지휘하고 감독했다. 그들은 다른 동물들에 비해 지식이 풍부했기 때문에 다른 동물들을 지도하는 일이 잘 어울렸다. 복서와 클로버는 늘 풀 베는 기구나 써레를 몸에 묶어 두었다. 물론 재갈이나 고삐는 더 이상 필요하지 않았다. 그러고 나서 그들은 밭을 쉬지 않고 계속해서 돌았다. 그럴 때면 돼지 한 마리가 그 뒤를 따라 다니면서 소리를 지르곤 했다.

"이랴! 동무!"

"워이, 거기 서라! 동무!"

게다가 가장 힘이 약한 동물들을 포함한 모든 동물들이 건초를 베고 거두어들이는 일을 했다. 오리들이나 암탉들까지도 햇볕 아래서 하루 종일 주둥이를 이용하여 작은 건초 다발을 이리저리 물어 나르느라 바빴다. 마침내, 농장 동물들은 예전에 존스 씨와 그 일꾼들이 했던 것보다 이틀이나 먼저 수확을 끝낼 수 있었다. 게다가 농장이 설립된 이래, 최대의 수확량을 기록했다. 낭비된 것은 하나도 없었다. 암탉이나 오리들이 날카로운 눈으로 마지막 풀잎까지 놓치지 않고 모두 주워 놓았기 때문이다. 또 농장 동물들 가운데서 단 한 입도 훔쳐 먹은 동물들은 없었다.

여름 내내 농장의 일은 마치 시계처럼 규칙적이며 정확하게 돌아갔다. 동물들은 예전에는 상상할 수조차 없을 만큼의 큰 행복감을 맛보았다. 한 입 베어 먹을 때마다 모든 음식이 꿀맛처럼 달콤하게 느껴졌고, 더불어 큰 행복을 가져다주었다. 예전에 탐욕스러웠던 주인이 치사하게 나누어 주던 음식이 아니라 진정 모든 것들이 그들만의 것이었고, 그들 자신을 위해 만들어진 순수한 것이었다. 동물들에게 기생충처럼 달라붙어 살던 인간들이 사라지자, 동물들에게는 더 많은 먹을거리가 돌아갔다. 농장 동물들은 예전에는 즐길 수 없던 여가를 누릴 수 있었고, 실제로 전보다 훨씬 많은 여가 시간을 갖게 되었다. 하지만 여러 가지 힘든 일도 맞닥뜨리게 되었다. 예를 들어 가을에 곡식을 수확할 때, 동물들은 옛날 방식대로 곡식을 발로 밟아 털고, 입으로 불어서 겨를 날려 버려야만 했다. 왜냐하면 농장에 탈곡기가 없기 때문이었다. 하지만 그들에게는 똑똑한 돼지들과 엄청난 괴력을 가진 복서가 있었다. 그 덕분에 동물들은 어려움에 닥쳐도 늘 헤쳐 나갈 수 있었다. 특히, 복서는 모든 동물들에게 칭찬의 대상이었다. 복서는 존스 씨가 농장 주인이었을 때도 부지런한 일꾼이었지만 이제는 세 마리 말의 몫까지 혼자서 거뜬히 해낼 만큼 성장했다. 농장의 모든 일이 그의 튼튼한 두 어깨에 달려 있는 것처럼 여겨질 때도 있었다. 복서는 밤낮으로 열심히 일했고, 힘든 일이 있는 곳이라면 항상 그가 있었다. 그는 한 수탉에게 매일 아침 다른 동물들보다 30분 먼저 자신을 깨워 달라고 부탁했다. 또 그날 정규 일과가 시작되기 전, 가장 힘들게 보이는 일을 골라 자발적으로 해치웠다. 어떤 어려운 문제나 힘든 일에 직면하더라도, 늘 "내가 좀 더 일하면 되지, 뭐." 하고 대답했다. 실제로 복서는 이 말을 자신의 좌우명으로 삼고 있었다.

어쨌든 모든 동물들은 자신의 능력에 맞추어 일했다. 예를 들어, 암탉이나 오리들은 수확할 때 땅에 떨어진 낟알들을 주워 모아 곡식 열 말 분량을 더 거두어 들였다. 게다가 어떤 동물도 먹이를 훔치지 않았고, 자신에게 주어진 배급량에 대하여 불평을 늘어놓지 않았다. 예전에 늘 있었던 싸움질이나 물어뜯기, 질투하는 일 따위도 거의 사라졌다. 그 누구도 게으름을 피우지 않았다. 아니, 거의 게으름을 피우지 않았다고 하는 편이 더 정확하다. 사실, 몰리 같은 경우에는 아침에 일찍 일어나지도 못했고, 가끔 발굽에 돌이 끼었다고 불평을 하면서 일찍 일을 끝내 버리곤 했다. 게다가 고양이의 행동도 좀 이상한 데가 있었다. 동물들은 할 일이 있을 때마다 고양이가 눈에 띄지 않는다는 사실을 알게 됐다. 고양이는 몇 시간씩이나 사라졌다가 식사 때 혹은 일이 끝난 저녁때가 되어서야, 마치 아무 일도 없었다는 듯이 시치미를 뚝 떼며 나타나곤 했다. 그럴 때마다 고양이는 그럴듯한 변명을 늘어놓고, 목을 가르랑거리며 애교를 부려대는 바람에, 다른 동물들은 그런 고양이의 말을 믿지 않을 수 없었다. 나이 많은 당나귀 벤저민은 반란 뒤에 예나 지금이나 조금도 달라진 게 없었다. 벤저민은 존스 씨가 주인이던 때와 똑같이 느려터지고 고집을 부리는 자신만의 방식으로 일했다. 그렇다고 게으름을 피우지도 않았고, 자발적으로 일을 나서지도 않았다. 게다가 반란과 그 결과에 대해 물어보아도 자신의 의견을 조금도 밝히지 않았다. 존스 씨가 사라지고 난 지금이 예전보다 더 행복하지 않느냐고 물으면, 그는 "당나귀는 원래 장수하는 동물이라네. 당신들 가운데 그 누구도 죽은 당나귀를 본 적은 없지 않은가?" 하는 대답만 하곤 했다. 그래서 다른 동물들은 이 수수께끼 같은 벤저민의 대답을 듣고 그저 만족해야 했다.

일요일에는 일이 없었다. 아침 식사는 평소보다 한 시간이나 늦었고, 식사 후에는 매주 빠짐없이 의식이 치러졌다. 먼저, 깃발이 게양되었다. 스노볼이 마구간에서 존스 씨의 부인이 쓰던 낡은 초록색 식탁보를 찾아내어, 거기에다가 흰색 페인트로 발굽과 뿔을 하나씩 그려 넣어 만들어진 깃발이었다. 매주 일요일 아침이면 이 깃발을 농장 주택 마당에 있는 깃대에 게양했다. 스노볼의 설명에 따르면, 깃발의 바탕색긴 초록색은 영국의 초록 들판을 상징하고, 발굽과 뿔은 모든 인간들이 완전히 타도되고 난 뒤에 세워질 '동물 공화국'을 상징한다는 것이었다. 깃발을 게양하고 나서, 모든 동물들은 '집회'

라고 불리는 모임에 참여하기 위해 커다란 헛간으로 떼 지어 갔다. 이 집회에서는 다음 주에 진행될 작업이 계획되고, 여러 개의 결의안이 상정되며, 토론이 벌어지기도 했다. 이 결의안을 제출하는 이는 언제나 돼지들이었다. 다른 동물들은 투표하는 방법은 알고 있었지만 자신들이 결의안을 내놓지는 못했다. 토론할 때에는 스노볼과 나폴레옹이 가장 열정적으로 자신의 의견을 내놓았다. 나중에 밝혀졌지만, 이 두 돼지는 서로의 의견을 일치시킨 적이 단 한 번도 없었다. 어느 한쪽에서 의견을 내놓으면 다른 한쪽에서는 반드시 반대 의견을 제시했다. 일할 나이가 지난 늙은 동물들이 남은 생을 편히 보낼 수 있게끔 과수원 뒤 작은 목장에 휴양소를 만들어 주자는 결의안이 채택되었을 당시에도—이 결의안은 그 누구도 반대할 수 없는 것이었다.—동물들의 종류에 따라서 은퇴 나이를 몇 살로 정해야 좋을지를 두고 격렬한 논쟁이 벌어졌다. 집회는 항상 그랬듯이 〈영국의 동물들〉을 합창하며 끝났고, 오후에는 휴식 시간이 주어졌다.

돼지들은 마구간을 자신들의 본부로 정했다. 저녁이 되면, 돼지들은 여기에 모여 농장 주택에서 가져온 책을 읽고, 대장장이 일, 목수 일 등 여러 가지 필요한 기술들을 연구했다. 스노볼은 다른 동물들과 함께 이른바 '동물위원회'를 조직하느라 바빴다. 그는 이 일에 지칠 줄 모르고 매달렸다. 그는 암탉들과 함께 '달걀 생산 위원회'를 만들었고, 암소들과는 '깨끗한 꼬리 연맹'을 조직했으며, 들쥐와 산토끼를 길들이기 위해 '야생 동물 재교육 위원회'도 만들었다. 양들을 위해서는 '흰 털 생산 운동'을 비롯하여 여러 다양한 운동 단체를 만들었고, 그 밖에 읽고 쓰기를 배우는 학급도 열었다. 하지만 이러한 계획들은 대부분 실패했다. 예를 들어, 야생 동물 재교육 위원회의 조직은 거의 시작과 함께 실패로 끝나 버렸다. 들쥐나 산토끼들은 예전과 다름없이 규율을 지키지 않았고, 너그럽게 대해 주면 그 너그러움을 이용하려고만 들었다. 고양이가 야생 동물 재교육 위원회에 가입하고 나서 처음 며칠은 매우 적극적으로 활약했다. 그러던 어느 날, 고양이는 지붕 위에 올라가서 멀찌감치 떨어져 있던 참새들에게 말을 거는 모습이 목격되었다. 고양이는 이제부터 모든 동물들은 다 같은 동지이므로, 어떤 참새라도 그들이 원한다면 자신의 발등 위에 앉아 있어도 좋다고 말했다. 하지만 그 어떤 참새도 고양이가 있는 곳에는 가까이 다가오려 하지 않았다.

하지만 읽고 쓰기를 배우는 학급은 큰 성공을 거두었다. 가을이 되자, 농장 안에서 살고 있는 대부분의 동물들은 어느 정도는 읽고 쓸 수 있게 되었다.

돼지들의 경우, 읽기와 쓰기가 완벽한 경지에 올라 있었다. 개들도 무척 잘 읽긴 했지만, 일곱 계명 말고 다른 걸 읽는

데는 전혀 관심을 갖지 않았다. 염소 뮤리얼은 개들보다도 글을 더 잘 읽을 수 있었다. 가끔 뮤리얼은 저녁에 쓰레기 더미에서 주워 온 신문지 조각에 적혀있던 내용을 다른 동물들에게 읽어 주곤 했다. 당나귀 벤저민은 돼지만큼 잘 읽을 수 있었다. 하지만 단 한 번도 자신의 읽기 실력을 뽐내지 않았다. 자기가 알고 있기로는 읽을 만한 가치가 있는 내용이 하나도 없다고 말했다. 클로버는 알파벳까지는 알고 있었지만 낱말로 그것을 조합해서 읽지는 못했다. 복서는 알파벳 D까지만 알고 있었다. 그는 큰 발굽으로 땅에다 A, B, C, D를 쓴 다음, 두 귀를 뒤로 젖히고 나서 앞머리를 흔들며 쓴 글자들을 노려보았다. 간혹 다음 글자를 생각해 내려고 머리를 흔들어 가며 갖은 애를 다 썼지만 결국 실패했다. 실제로 그는 E, F, G, H까지 익힐 때도 있었지만, 그 글자를 다 외우고 나면 먼저 익혔던 A, B, C, D를 또 까먹었다. 결국, 그는 처음 네 글자를 익히는 데 만족해야만 했다. 이 네 자라도 까먹지 않으려고 날마다 한두 번씩 기억을 떠올려서 글자들을 쓰곤 했다. 한편, 몰리는 자신의 이름 여섯 글자(Mollie) 이외에는 아무것도 배우려 하지 않았다. 그녀는 이 여섯 글자를 작은 나뭇가지들로 예쁘게 맞추어 놓은 다음, 한두 송이의 꽃으로 그것을 장식했다. 그러고 나서 스스로 대견한 듯이 그 주변을 빙빙 돌면서 감탄했다.

농장에 있는 다른 동물들은 A자밖에는 익히지 못했다. 또 양, 암탉, 오리처럼 머리가 좋지 않는 동물들은 일곱 계명도 제대로 암기하지 못한다는 사실이 드러났다. 스노볼은 이런저런 궁리 끝에 일곱 계명이 다음의 한마디 말도 요약될 수 있다고 밝혔다.

"네 다리는 좋고, 두 다리는 나쁘다."

스노볼은 이 한마디 말 안에 동물주의의 기본 원리가 모두 포함되어 있다고 말했다. 누구든지 그 원리를 철저히 이해하기만 하면 인간의 영향을 받지 않고 안전하게 살아갈 수 있다고 했다. 처음에 새들은 자신들도 다리가 두 개라고 생각했기 때문에 이 말에 반대했다. 하지만 스노볼은 결코 그렇지 않다는 사실을 새들에게 증명해 보였다.

"동무 여러분, 새의 날개는 날기 위해 있는 추진기관일 뿐입니다. 무언가를 조작하여 타인을 이용하려 하는 기관이 아니란 말입니다. 그렇기 때문에 날개는 다리로 보아야 합니다. 인간임을 두드러지게 보여 주는 표시는 바로 '손'이지요. 이 손이야말로 인간이 온갖 못된 짓을 하는 데 쓰는 도구랍니다."

새들은 스노볼의 길고 지루한 말의 의미를 이해하지 못했지만, 그가 설명하는 걸 받아들였다. 다른 어리석은 동물들도 스노볼이 이야기한 금언을 외우기 시작했다. '네 다리는 좋고, 두 다리는 나쁘다.'는 말은 헛간 벽면 끝 일곱 계명 위쪽에 좀 더 큰 글자로 써 놓았다. 양들은 이 말을 외우자, 그 금언이 한결 마음에 들었다. 그들은 종종 풀밭에 누워 있을 때에도 "네 다리는 좋고, 두 다리는 나쁘다! 네 다리는 좋고, 두 다리는 나쁘다!"라며 지치지도 않고 몇 시간씩 외쳐대곤 했다.

나폴레옹은 스노볼이 만든 위원회에 전혀 관심을 갖지 않았다. 그는 나이 어린 동물들을 가르치는 일이 이미 나이 든 동물들을 가르치는 일보다 훨씬 더 중요하다고 말했다. 건초 수확을 모두 끝내고 난 뒤, 제시와 블루벨은 건강한 강아지를 아홉 마리나 낳았다. 새끼들이 젖을 떼자마자, 나폴레옹은 자기가 교육을 완전히 책임지겠다며 어미의 품에서 새끼들을 빼앗아 가 버렸다. 나폴레옹은 강아지들을 사다리를 타지 않고는 도저히 올라갈 수 없는 마구간 지붕 아래 비밀스런 다락에 숨겨놓았다. 그렇기 때문에 다른 동물들은 강아지들의 존재를 까맣게 잊어버리고 말았다.

우유가 모두 어디로 사라졌는지에 대해서는 금방 밝혀졌다. 우유는 매일 돼지들이 먹는 사료 속에 섞여 들어갔다. 과수원에서는 풋사과가 점점 익어 갔고, 바람에 떨어진 사과가 과수원 풀밭 위에 이리저리 뒹굴고 있었다. 동물들은 당연히 그 사과들이 공평하게 나누어질 것이라고 생각했다. 그러던 어느 날, 바람에 떨어진 사과들은 모두 돼지들이 먹을 것이니 마구간 창고로 가져 오라는 명령이 떨어졌다. 이 명령어 불복하던 동물들도 더러 있었지만 아무런 소용이 없었다. 이 문제에 대해서는 돼지들이 만장일치로 합의를 본 상태였다. 스노볼과 나폴레옹도 이 문제에 대해서만큼은 의견이 일치되어 있었다. 스퀼러는 이러한 조치를 다른 동물들에게 설명하기 위하여 동물들에게 파견되었다.

스퀼러가 외쳤다.

"동무 여러분! 혹시 여러분은 우리 돼지들이 이기심과 특권의식을 가지고 이런 일을 하고 있다고 생각하지는 않겠지요? 실제로, 우리 돼지들 대부분은 우유나 사과 같은 것들은 좋아하지 않습니다. 나도 이것들을 싫어합니다. 우리 돼지들이 이런 것들을 먹는 까닭은 우리의 건강을 지키기 위한 것입니다. 우유와 사과에는 돼지들이 건강을 유지하기 위해서 반드시 필요한 영양 성분들이 들어 있습니다. 동무들, 디는 과학적으로 입증된 사실입니다. 우리 돼지들은 머리를 쓰는 정신노동자들입니다. 우리 농장의 운영과 조직은 모두 우리 돼지들에게 달려 있습니다. 우리는 밤이나 낮이나 여러쿤의 복지 향상을 위하여 노력하고 있습니다. 우리가 우유를 마시고 사과를 먹는 것도 모두 여러분을 위해서입니다. 만일 우리 돼지들이 이러한 우리들의 의무를 수행할 수 없다면 앞으로 어떤 사태가 벌어질지 알고 계십니까? 존스 씨가 다시 돌아올 것입니다. 맞습니다, 존스 씨가! 존스 씨가 다시 돌아올 겁니다, 동무들!"

스퀼러는 이리저리 방방 뛰고, 꼬리를 흔들어대면서 애원하듯이 외쳐댔다.

"여러분들 가운데 존스 씨가 다시 돌아오는 걸 원하는 분들은 없겠죠?"

당장에 동물들이 분명하게 확신할 수 있는 무언가가 하나 있다면, 아마도 그것은 그 누구도 존스 씨가 돌아오는 걸 원치 않는다는 사실이었다. 이렇게 설명하자, 동물들은 더 이상 할 말이 없어졌다. 돼지들의 건강을 유지해 주는 일이 무엇보다 중요한 일이 되어 버렸기 때문이다. 그래서 우유와 땅에 떨어진 사과(나중에는 익은 사과까지 포함해서)는 아무런 논란거리가 되지 않은 채 몽땅 돼지들의 몫으로 남겨 두어야 한다는 데 합의가 이루어졌다.

4

여름이 끝나 갈 무렵, 동물농장에서 일어난 사건에 대한 소식이 그 지역 절반에 걸쳐 퍼져 나갔다. 스노볼과 나폴레옹은 매일 비둘기들을 농장 밖으로 날려 보냈다. 비둘기들은 이웃 농장 동물들과 함께 어울리면서 동물농장에서 벌어진 반란을 이야기해 주고, 〈영국의 동물들〉 노래를 가르치라는 임무를 부여받았다.

그 무렵, 존스 씨는 윌링던에 있는 '레드 라이언'이라는 술집에 앉아 시간을 보냈다. 그는 자기 말을 들어주는 사람이라면 그 누구든 붙잡고서, 자신이 아무 짝에도 쓸모없는 동물들에게 자신의 농장을 송두리째 빼앗겨 버렸다며 신세 한탄을 해댔다. 다른 농장주들은 원칙적으로는 존스 씨가 한 말에 공감했지만 처음에는 그리 많은 도움을 주려 하지 않았다. 농장주들은 속마음으로는 존스 씨의 불행을 어떤 방법으로 자신들에게 유리하게 이용할 수 있을까 하며 그 대책만을 궁리할 뿐이었다. 동물농장 근처에 있는 두 농장의 주인들이 서로 사이가 좋지 않은 건 존스 씨로서는 천만다행이었다. 두 농장 가운데 한 곳인 폭스우드는 넓기는 했지만 제대로 관리를 하지 못한 옛날 식 농장이었다. 농장 대부분은 숲이 무성히 우거져 있었지만, 목초지는 황폐했고, 울타리는 흉물스럽게 망가져 있었다. 농장 주인인 필킹턴 씨는 느긋하고 태평스런 사람으로 유유자적 시간을 보내고 있었다. 그는 계절 따라 낚시질을 하거나 사냥을 하면서 대부분의 시간을 보냈다. 또 다른 농장인 핀치필드는 폭스우드보다 크기는 작았지만 제법 잘 관리가 되어 있었다. 이 농장의 주인 프레더릭 씨는 강하고 빈틈없는 사람이었다. 그는 늘 법정 소송 사건에 연루되어 있었고, 거래를 할 때에는 인정사정 볼 것 없이 과감하게 밀어붙이는 것으로 알려져 있었다. 그런데 이 두 농장의 주인들 사이는 무척이나 나빴기 때문에 그 어떤 일에도 의견의 일치를 보는 법이 없었다. 심지어 서로에게 도움이 되는 일을 지켜내는 일에서조차 의견의 일치를 보지 못할 정도였다.

그렇지만 두 농장주는 동물농장의 반란 소식을 듣고는 엄청나게 놀랐다. 자기들 농장의 동물들에게 그런 반란 소식이 알려지지 않게 하려고 무척이나 애를 썼다. 처음에 그들은 동물들이 그들 스스로 농장을 경영한다는 생각에 코웃음을 치면서 무시했다. 그들은 2주일쯤 지나면 모든 게 결판날 것이라고 말했다. 그들은 매너 농장(그들은 '동물농장'이란 이름을 받아들일 수 없었기 때문에 계속해서 '매너 농장'이라고 우겨서 불렀다.) 동물들이 자기네들끼리 계속 치고받고 싸움질을 해대다가 곧 굶어죽게 될 거라는 소문을 퍼뜨렸다. 하지만 시간이 지나도 농장의 동물들이 굶어죽는 일이 발생하지 않자 프레더릭 씨와 필킹턴 씨는 태도를 바꾸었다. 현재 동물농장에서 무시무시한 잔혹행위가 자행되고 있다고 이야기하기 시작했다. 농장 동물들은 서로를 잡아먹고, 말편자를 시뻘겋게 불에 달구어서 고문을 하며, 암컷들을 공동으로 소유한다는 소문을 퍼뜨렸다. 프레더릭 씨와 필킹턴 씨는 그것이 자연의 순리를 어긴 동물들의 반란에 대한 대가라고 주장했다.

하지만 이런 주장을 그대로 믿는 이들은 없었다. 동물들이 인간들을 쫓아내고 동물들 스스로 농장을 잘 경영해 나간다는 소문은 애매모호하면서도 왜곡된 형태로 계속 널리 퍼져 나갔다. 그리고 그해 내내 반란의 기운이 그 지방 전체로 번져 나갔다. 그동안 항상 말 잘 듣는 순둥이 같던 황소들은 갑자기 사나워졌고, 양들은 울타리를 부수고 토끼풀을 가구 먹어치웠다. 또 암소들은 우유를 담은 통을 다리로 걸어차 버렸으며, 사냥 말들은 울타리를 뛰어넘지 않고 등에 타고 있던 사람들을 울타리 저 너머로 내동댕이쳐 버렸다. 무엇보다 〈영국의 동물들〉 노래는 가락은 물론이고 가사까지 지방 곳곳으로 널리 알려졌다. 이 노래는 그야말로 순식간에 놀라운 속도로 퍼져 나갔다. 인간들은 이 노래를 듣고 나서 웃어넘기면서 애써 무시하려는 듯 보였다. 그렇지만 실제 속마음으로는 끓어오르는 분노를 참지 못했다. 그들은 아무리 동물들이라고 하더라도 그런 쓰레기만도 못한 노래를 어찌 따라 부를 수 있는지 도무지 이해할 수 없다고 했다. 어떤 동물이라도 그 노래를 부르다가 주인에게 들키면 그 자리에서 채찍질을 당했다. 하지만 인간들은 동물들이 그 노래를 따라 부르지 못하게 막을 수는 없었다. 지빠귀들은 울타리에 앉아서 그 노래를 불렀고, 비둘기들은 느릅나무 숲에 앉아서 구구거리면서 불렀다. 그들의 노래는 대장간의 소음과 교회의 종소리와 묘하게 뒤섞여 버렸다. 인간들은 그 노래를 들을 때마다 인간의 암울한 미래에 대한 예언인 것처럼 여겨져 남몰래 몸서리를 쳤다.

10월 초순의 어느 날, 옥수수를 수확한 다음 쌓아 두고, 그 가운데 일부를 타작까지 해 놓았을 무렵이었다. 한 떼의 비둘기가 하늘을 빙빙 돌다가 갑자기 매우 흥분해서 농장 마당으로 내려앉았다. 비둘기들에 따르면, 존스 씨와 그의 일꾼들이 폭스우드와 핀치필드 농장에서 온 여섯 사람을 데리고 다섯 개의 빗장이 질러진 농장 출입구 안으로 들어온 다음, 농장으로 통한 마찻길을 따라서 올라오고 있다고 했다. 존스 씨를 빼고 모든 사람들은 몽둥이를 들고 있었다. 존스 씨는 양손에 총을 든 채 앞장서고 있는 중이었다. 그들은 농장을 다시 탈환하기 위하여 오고 있는 게 분명했다.

이것은 오래 전부터 예상된 일이어서, 동물들은 이미 만반의 준비를 끝내놓은 상태였다. 스노볼은 농가에서 발견한 줄리어스 시저의 낡은 전쟁 서적을 연구해 왔다. 그래서 그가 이 방어 작전의 총지휘를 맡게 되었다. 스노볼은 빠르게 명령을 내렸고, 몇 분 안에 모든 동물들은 각자 자신의 자리에 배치되었다.

인간들이 농장 건물 안으로 가까이 다가오자, 스노볼은 첫 번째 공격 명령을 내리기 시작했다. 서른여섯 마리나 되는 비둘기들이 동시에 공중으로 날아올라 인간들의 머리 위로 이리저리 날아다니며 자신들의 똥을 내갈겨댔다. 인간들은 비둘기들이 벌이는 똥 공격을 방어하느라 정신을 차리지 못했다. 그렇게 인간들이 부산을 떠는 동안, 울타리 뒤에 숨어 있던 거위들이 앞으로 돌진해서 인간들의 종아리를 사정없이 쪼아댔다. 하지만 이것은 인간들을 혼란에 빠지게 만드는 가벼운 전초전에 불과했다. 물론 인간들은 몽둥이를 써서 거위들의 공격을 손쉽게 막아낼 수 있었다. 그쯤 되자, 스노볼은 두 번째 공격을 시작했다. 그는 선두에 서서 뮤리얼, 벤저민, 양 떼들을 몰고 앞으로 돌진해 사방팔방으로 인간들을 뿔로 찌르고 머리로 들이받았다. 이때, 벤저민은 뒤로 빙그르르 돌아서 작은 발굽으로 인간들을 걷어찼다. 하지만 인간들은 몽둥이와 징을 박은 장화를 무장하여 맞섰기 때문에 동물들은 여기에 상대가 되지 못했다. 그때 갑자기 스노볼이 꽥 하며 소리를 질러서 후퇴할 것을 지시했다. 그러자 동물들은 동시에 돌아서서 농장 출입구를 지나 마당으로 도망쳤다.

인간들은 승리의 함성을 외쳤다. 인간들은 그들이 기대했던 대로 동물들이 도망치는 모습을 보자 동물들을 무작정 뒤쫓기 시작했다. 하지만 이것이야말로 스노볼이 만들어 놓은 계략이었다. 인간들이 마당 안쪽으로 들어서는 순간, 외양간에 숨어 있던 말 세 마리, 암소 세 마리, 그리고 나머지 돼지들이 갑자기 그들 뒤로 나타나서 그들이 도망갈 퇴로를 막아 버렸다. 이때, 스노볼이 총공격 명령을 내렸다. 스노볼이 직접 존스 씨를 향해 달려들었다. 존스 씨는 스노볼이 자신에게 달려들자 총을 들어 쏘았다. 총탄은 스노볼의 등을 스치고 지나가면서 피를 낸 다음, 양 한 마리를 맞혀 죽게 했다. 하지만 스노볼은 조금도 늦추지 않고 100킬로그램에 가까운 무거운 몸으로 존스 씨의 다리를 들이받았다. 그러자 존스 씨는 똥 더

미에 처박혔고, 그의 총은 손에서 벗어나 튕겨 나갔다. 하지만 가장 무서운 장면을 연출한 것은 복서였다. 복서는 마치 종마처럼 뒷발로 우뚝 선 다음 편자가 박혀 있는 앞발굽으로 인간들을 사정없이 공격했다. 복서가 폭스우드 농장의 마구간지기 소년에게 발길질을 해대자 머리에 일격을 얻어맞은 소년은 진흙탕에 박혀서 당장 숨이 끊긴 듯이 그냥 죽 뻗어 버리고 말았다. 그 광경을 보자마자, 인간들은 겁이 나서 몽둥이를 버리고 도망치려고 했다. 그들은 겁에 질려 완전히 사색이 되어 있었다. 그 다음, 동물들은 마당을 빙글빙글 돌면서 인간들의 뒤를 쫓았다. 인간들은 피를 흘리며 뿔에 찬히거나, 발길질을 당하거나, 이빨에 물어뜯기거나, 발에 짓밟히곤 했다. 농장 동물들은 모두 다 자기만의 방식으로 인간들에게 복수했다. 심지어 지붕 위에 앉아 있던 고양이도 갑자기 소몰이꾼의 어깨 위로 뛰어내려 발톱으로 그의 목덜미를 할퀴는 데 성공했다. 놀란 소몰이꾼은 고통을 이기지 못한 채 무섭게 비명을 질렀다. 간신히 도망칠 만한 틈이 생기자, 인간들은 마당에서 빠져나와 큰길로 줄행랑을 쳤다. 이때마저도 거위들은 인간들을 쫓아가 그들의 종아리를 마구 쪼아댔다. 그렇게 인간들은 농장에 들어온 지 5분도 안 되어서 자신들이 왔던 길로 아주 치욕스런 후퇴를 해야만 했다.

　인간들은 단 한 명만 빼고 모두 도망치는 데 성공했다. 마당으로 돌아온 복서는 진흙탕 속에 얼굴을 처박은 채 엎드려 있는 마구간지기 소년을 자신의 발굽을 이용하여 흔들며 뒤집어 보려 했다. 하지만 그 소년은 조금도 움직이지 않았다.

"이 사람, 죽었네."

복서가 슬픈 목소리로 말했다.

"죽일 생각은 없었는데……. 내 앞발에 쇠로 된 편자가 박혀 있다는 사실을 깜빡 잊었어. 내가 일부러 죽인 게 아니란 걸 아무리 말해도 누가 그걸 믿어 주기나 할까?"

"절대로 감상에 빠져들어서는 안 되오, 동무!"

자신의 상처에서 피를 뚝뚝 흘리고 있던 스노볼이 복서를 향해 말했다.

"전쟁은 어디까지나 전쟁이오! 오직 죽은 인간만이 착할 뿐이라오."

"나는 목숨을 빼앗고 싶지는 않았소. 비록 그것이 인간의 목숨이라도 말이오."

복서는 눈물을 글썽거리면서 계속 말했다.

"몰리는 어디에 있지?"

이때, 누군가가 큰 소리로 외쳤다.

정말로 몰리의 모습은 보이지 않았다. 잠시 동안 동물들 사이에서는 큰 소동이 벌어졌다. 인간들이 몰리에게 상처를 입히거나, 그녀를 강제로 끌고 갔을지도 모른다며 걱정했다.

하지만 몰리는 여물통 건초 더미 속에 머리를 처박은 채 꽁꽁 숨어 있었다. 그녀는 총소리가 나자마자 그대로 도망쳤다. 동물들이 몰리를 찾으러 갔다가 돌아와 보니, 마구간지기 소년은 자리에서 사라졌다. 실제로 소년은 죽지 않았다. 소년은 잠시 기절해 있다가 정신이 들자마자 도망쳐 버린 것이었다.

드디어 동물들은 미친 듯이 날뛰며 다시 모였다. 모든 동물들은 목이 터져라 외쳐대며, 그날 전투에서의 승리를 자축하느라 정신을 차릴 수 없었다. 곧 승전을 축하하는 잔치가 열렸다. 깃발을 올리고, 〈영국의 동물들〉을 여러 차례 합창했다. 그러고 나서 전투 중에 사망한 양을 위한 장례식을 엄숙히 치렀다. 양의 무덤가에는 산사나무 한 그루를 심었다. 스노볼은 무덤가에서 짧은 연설을 했다. 스노볼은 농장 안의 모든 동물들은 농장의 평화를 위해서라면 자신의 소중한 목숨을 바칠 각오를 해야 한다고 말했다.

동물들은 전쟁에 공을 세운 동물들에게 내리는 '동물 영웅 1급' 훈장의 제정을 만장일치로 결정했다. 그러고 나서 그 훈장을 스노볼과 복서에게 각각 수여했다. 훈장은 놋쇠로 만들어진 메달(사실, 이것은 마구간 창고에서 찾아낸 낡은 말 장식품이었다.)이었고, 일요일과 휴일에 이것을 달고 다니기로 했다. '동물 영웅 2급' 훈장도 제정되었는데, 이 훈장은 전사한 양에게 추서되었다.

이번 전쟁의 이름을 무엇으로 할까를 두고 열띤 토론이 벌어졌다. 오랜 토론 끝에, 매복병이 튀어 나온 곳이 외양간이므로, 그 이름을 따서 '외양간 전투'라 부르기로 했다. 존스 씨의 총이 진흙탕 속에 처박혀 있는 것과 그가 살던 농장 주택에 탄약이 많이 남아 있다는 것도 알려졌다. 존스 씨의 총은 깃발 게양대 아래에 마치 대포처럼 설치해 두고 1년에 두 번, 즉 '외양간 전투 기념일'인 10월 12일과 반란 기념일인 6월 24일에 각각 발사하기로 결정했다.

5

　　겨울이 다가오자, 몰리는 점점 말썽꾸러기가 되어 갔다. 그녀는 매일 아침마다 작업장에 늦게 도착했고, 깜박 늦잠을 잤다며 허튼 변명을 해댔다. 또 이것저것 잘 챙겨먹으면서도 항상 몸이 이곳저곳 아프다며 불평했다. 몰리는 늘 온갖 핑계를 대어 가면서 작업장에서 일찍 빠져 나왔고, 그 뒤에는 웅덩이가 있는 곳으로 향해 갔다. 그 뒤, 웅덩이 앞에 서서 물에 비친 자신의 모습을 멍청하게 들여다보곤 했다. 하지만 몰리에게는 그것보다 더 심각한 소문이 나돌았다. 어느 날, 몰리가 긴 꼬리를 흔들며 건초를 물고 있을 때였다. 그렇게 그녀가 무척 즐거운 모습을 하며 마당으로 들어오자, 클로버가 그녀를 한쪽 구석으로 데리고 갔다.

클로버가 말했다.

"몰리! 할 말이 있어. 정말로 심각한 얘기라고. 오늘 아침 네가 우리 농장과 폭스우드 농장 사이에 있는 경계선 울타리 너머를 보고 있는 걸 봤어. 필킹턴 씨의 일꾼이 울타리 건너편에 서 있었어. 비록 멀리 떨어져 있었지만 분명히 보았지. 그가 네게 말을 걸면서 콧등을 쓰다듬더구나. 그게 뭘 의미하는지 모르니, 몰리?"

"그 사람은 절대 그런 일을 하지 않았어요. 심지어 난 거기 있지도 않았다고요. 절대 사실이 아니에요!"

몰리는 펄쩍 뛰면서 앞발의 발굽으로 땅바닥을 긁으며 소리를 질렀다.

"몰리! 날 똑바로 봐. 그가 네 콧등을 쓰다듬지 않았다고 나한테 맹세할 수 있어?"

"사실이 아니라고요!"

몰리는 되풀이해서 말했다. 하지만 그녀는 클로버의 얼굴을 똑바로 바라볼 용기가 없었다. 그러고 나서 몰리는 순식간에 들판으로 달아나 버리고 말았다.

이때, 클로버에게 문득 한 가지 생각이 스쳐 지나갔다. 그는 다른 동물들에게 아무 말도 하지 않고 몰리의 외양간으로 들어갔다. 거기서 발굽으로 몰리가 있는 곳의 짚더미 아래를 들추어 보았다. 짚더미 아래에는 작은 각설탕 더미와 형형색

색의 리본 다발 몇 개가 숨겨져 있었다.

사흘 뒤, 몰리가 사라졌다. 몇 주일 동안 몰리의 행방이 묘
연했고, 그녀가 어디로 갔는지 아무런 단서도 찾을 수 없었
다. 그러던 중, 비둘기가 윌링던 반대쪽에서 그녀를 봤다고
보고했다. 몰리가 어떤 술집 앞에 서 있는, 빨간색과 검은색
으로 색칠한 멋진 이륜마차에 매여 있다고 했다. 술집 주인처
럼 보이는 몸이 뚱뚱하고 얼굴이 불그레한 남자가 있었다고
했다. 그는 체크무늬 바지를 입고 각반을 두르고 있었는데,
그는 몰리의 콧등을 쓰다듬으며 각설탕을 먹여 주고 있었다
고 했다. 그녀의 털은 새로 깎아서 잘 다듬어져 있었고, 앞머
리에는 붉은색 리본을 달고 있었다고 했다. 비둘기들은 몰리
가 무척이나 행복해 보였다고 말했다. 그 뒤부터 농장 동물들
가운데 그 누구도 몰리 이야기를 다시는 꺼내지 않았다.

1월이 되자, 혹독한 추위가 다가왔다. 땅이 무쇠처럼 꽁
꽁 얼어 들판에서는 도무지 일을 할 수 없었다. 큰 헛간에서
는 여러 번의 모임이 열렸고, 돼지들은 다가오는 봄을 갖이하
여 할 일을 꾸리느라 바빴다. 농장의 모든 결정 사항은 다수
결 투표의 승인 과정을 통해 결정되었다. 하지만 다른 동물
들에 비해 똑똑한 머리를 가진 돼지들이 농장의 모든 문제들
을 결정해야 한다는 사실은 모두가 당연하게 여겼다. 사실상,
스노볼과 나폴레옹 사이의 의견 차이만 없다면 이 제도는 매

우 원활하게 진행되었을 것이다. 이 둘은 의견 대립이 생기면 한 치의 양보도 하지 않고 늘 충돌했다. 만일 둘 가운데 한쪽이 밭에 보리를 더 심자고 제안하면, 또 다른 한쪽은 귀리를 더 심어야 한다고 했다. 또 어느 한쪽이 이러이러한 밭에는 양배추를 심는 게 좋겠다고 하면, 또 다른 한쪽은 이러이러한 밭에는 뿌리채소류 외에는 아무런 쓸모가 없다고 했다. 스노볼과 나폴레옹은 각자 추종 세력이 있어서, 서로 종종 격렬한 논쟁을 벌이곤 했다. 스노볼은 회의를 할 때면 연설로 기가 막히게 해서 다수의 지지자를 얻었다. 하지만 나폴레옹은 기회가 생길 때마다 자신을 지지해 달라고 유세하는 등, 틈새 공략에 매우 능했다. 특히, 그는 양들에게 큰 인기를 얻고 있었다. 최근에 양들은 시도 때도 없이 "네 다리는 좋고, 두 다리는 나쁘다!"라며 구호를 외쳐대곤 했다. 그렇게 하여 그들은 회의를 자주 중단시키곤 했다. 나중에 알고 보니, 양들은 스노볼이 연설 중에 절정에 도달했을 때, "네 다리는 좋고, 두 다리는 나쁘다!"라는 구호를 외쳐대곤 했다. 스노볼은 농장 주택에서 찾아낸 〈농부와 목축업자〉라는 낡은 잡지의 지난 호들을 자세히 연구했다. 여기서 여러 개의 혁신안과 개선안을 머릿속에 떠올리곤 했다. 그는 농장 배수로와 목초 저장법, 인산석회 사용법 등에 대해서 마치 전문가처럼 유식하게 설명해 냈다. 또 운반하는 데 드는 노동력을 줄이기 위해 모든 동물들이 매일매일 장소를 바꿔 가며 밭에다가 자신의 용변을 배설하도록 하는 해괴한 계획도 만들어 내곤 했다. 한편, 나폴레옹은 스스로 어떤 계획도 직접 내놓지는 않았다. 다만 스노볼이 내놓은 계획들이 아무런 쓸모가 없다고 조용히 말했다. 이는 마치 좋은 기회가 오기만을 기다리고 있는 것만 같았다. 이렇게 두 돼지가 벌인 논쟁 가운데서 가장 치열하게 의견 충돌을 빚었던 것은 바로 풍차를 건설하는 문제였다.

농장 건물에서 약간 떨어진 곳에 위치한 긴 목초지에는 이 농장에서 가장 높지만 자그마한 언덕이 하나 있었다. 스노볼은 그 언덕의 지형을 조사한 후, 그곳이 풍차를 세우는 데 최상의 조건을 갖추었다고 말했다. 그 풍차로 발전기를 돌리면 농장 전체에 전기를 공급할 수 있다고 말했다. 그러면 외양간에 전등이 켜지고, 겨울에는 난방을 공급할 수 있으며, 원형 톱이나 작두, 사료 절단기, 전기 착유기 등도 가동할 수 있다고 말했다. 동물들은 그때까지 그런 이야기를 한 번도 들어본 적이 없었다. 왜냐하면 이 농장은 너무 옛날식의 원시적 도구만 보유하고 있었기 때문이다. 모두들 놀라운 표정을 지은 채 스노볼의 말에 경청했다. 스노볼은 그림을 그려서 보여 주듯이 자세히 설명했다. 이런 기계들이 만들어지면 기계가 일을 대신하고 동물들은 한가롭게 풀이나 뜯어 먹으면서, 독서와 대화로 교양을 쌓기만 하면 된다고 말했다.

　　몇 주일이 지나자, 스노볼이 주장했던 풍차 건설 계획이 드디어 완성되었다. 기계적인 세부사항은 대부분 존스 씨가 갖고 있던 세 권의 책, 즉 『주택에 관해 유용한 천 가지 방법』, 『혼자서 집 짓기』, 『초보 전기 지식』에서 주로 익혔다. 스노볼은 예전에 인공 부화장으로 사용되었던 헛간을 자신의 연구실로 사용했다. 그 헛간에는 매끄러운 마루가 깔려 있어, 그림을 그리거나 제도를 하는 데 알맞았다. 스노볼은 그곳에 한 번 발을 들여놓기만 하면 몇 시간씩이나 그대로 틀어박혀 있었다. 그는 책을 펼쳐서 돌로 눌러 놓고, 앞 발가락 사이에 분필을 끼웠다. 그러고 나서 재빠르게 마룻바닥에 선을 그어놓고, 흥분을 이기지 못한 나머지 혼자서 작은 소리로 킁킁거렸다. 설계도는 회전축과 톱니바퀴로 복잡하게 얽혀 가며 마룻바닥의 반 이상을 차지했다. 다른 동물들은 그 설계도가 어떤 의미를 갖고 있는지 전혀 이해할 수 없었지만, 모두들 강한 인상을 받기에 충분했다. 농장 동물들은 하루에 한 번씩은 헛간에 들러서 설계도가 얼마나 진행되었는지 보았다. 구경을 온 암탉들과 오리들은 분필로 표시된 설계도를 밟지 않으려고 무진장 애썼다. 하지만 나폴레옹만은 거기에 전혀 관심을 기울이지 않았다. 그는 처음부터 풍차를 세우는 계획을 반대했다. 그러던 어느 날, 나폴레옹은 헛간 안을 살피기 위해 갑자기 찾아왔다. 그는 헛간 안에서 커다란 몸집을 뒤뚱거리면서 돌아다녔다. 그는 스노볼의 설계도를 아주 자세히 들여다보았다. 또 설계도에 코를 대어 킁킁거리더니, 잠시 곁눈질로 설계도를 힘껏 노려보았다. 그 뒤, 갑자기 한쪽 다리를 들어, 설계도 위에 오줌을 쫙 갈겨 버렸다. 그러고는 아무 말 없이 그 자리를 박차고 나갔다.

풍차 건설 문제로 농장 동물들은 각각 두 패로 나뉘었다. 스노볼도 풍차를 건설하는 일이 어려운 사업이 될 것임을 부인하지 않았다. 돌을 캐서 날라다가 벽을 쌓아야 하고, 풍차 날개를 만들어야 하며, 그런 뒤에 발전기와 전선도 필요할 것이었다. 스노볼은 이 모든 것들을 구하는 방법에 대해서는 전혀 말하지 않았다. 하지만 그는 이 모든 일이 1년 안에 가능할 거라고 주장했다. 또 풍차가 완성되고 나면, 노동력이 크게 줄어들어, 동물들은 일주일에 사흘만 일하면 된다고 말했다. 한편, 스노볼의 주장과 달리, 나폴레옹은 현 시점에서 가장 중요하고 절실한 일은 식량 증산이라고 했다. 만일 풍차 건설에 시간을 낭비했다가는 모두들 굶어 죽게 될 것이 분명하다고 주장했다. 결국, 동물들은 두 패로 갈라졌다. 한쪽은 '스노볼과 함께 주 3일 노동에 한 표를!'이라는 구호를 내세웠고, 다른 한쪽은 '나폴레옹과 함께 배부른 식사에 한 표를!'이라는 구호를 내걸었다. 당나귀 벤저민만이 유일하게 어느 쪽에도 속해 있지 않았다. 그는 식량이 더 풍부해질 거라는 주장도, 풍차가 노동량을 줄여 줄 거라는 주장도 전혀 믿지 않았다. 그는 풍차를 세우든 세우지 않든 동물들의 삶은 예전처럼 고생스러울 거라고 말했다.

풍차 건설을 둘러싼 논쟁 말고도 농장에는 방위 문제가 더 있었다. 물론 인간들이 '외양간 전투'에서 패하긴 했어도 농장을 되찾아 존스 씨에게 돌려주기 위해 더 큰 도발을 감행해 올 거라는 사실은 농장 동물들도 충분히 예상할 수 있었다. 인간들이 이런 계획을 세우는 일은 어찌 보면 당연했다. 인간들이 동물과의 싸움에서 패했다는 소식이 인근 지역에 쫙 퍼져서 이웃한 농장 동물들이 예전에 비해 더 말을 듣지 않아 다루기가 힘들어졌기 때문이었다. 스노볼과 나폴레옹은 늘 그랬듯이 농장 방위 문제를 두고서도 의견이 일치하지 않았다. 나폴레옹에 따르면, 동물들은 총기를 구입한 뒤에 총기를 사용하는 방법을 배워 두어야 한다는 것이었다. 이와 달리, 스노볼은 보다 많은 비둘기들을 밖으로 보내서 다른 농장 동물들의 반란을 선동해야 한다고 했다. 나폴레옹은 동물들이 스스로 방어하는 데 실패하면 농장은 인간들에게 정복당할 게 분명하다고 주장했고, 스노볼은 여러 지역에서 반란이 일어나면 자체 방어를 하지 않아도 된다고 주장했다. 동물들은 처음에는 나폴레옹의 주장에 솔깃하다가 그다음에는 스노볼의 말에 솔깃했다. 그 뒤에 동물들은 누구의 말이 맞는지 갈

팡질팡하며 도저히 판단을 제대로 내릴 수 없었다. 실제, 동물들은 나폴레옹이 말할 때는 나폴레옹에게 동조하고, 스노볼이 말할 때는 스노볼에게 동조하곤 했다.

드디어 스노볼의 풍차 건설 설계도가 완성되었다. 다음 일요일 모임에서 풍차 건설을 할 것인지 말 것인지에 대한 사안을 두고 이를 투표로 결정하기로 했다. 동물들이 헛간에 다 모였을 때, 스노볼이 일어서서(종종 양들의 음매 하는 소리 때문에 방해를 받곤 했다.) 풍차 건설이 필요한 까닭을 역설했다. 이때, 나폴레옹이 자리에서 일어나 풍차 건설 계획에 대하여 반박했다. 그는 아주 차분한 목소리로 풍차는 농장에 아구 쓸모가 없기 때문에 그 누구도 여기에 표를 던져서는 안 된다고 말하고서 곧 자리에 앉았다. 그의 연설은 채 30초도 되지 않았으며, 그는 자신이 한 발언의 파급 효과에 대해서는 별반 관심이 없어 보였다. 이때, 스노볼은 자리에서 벌떡 일어나 시끄럽게 음매 하며 떠들어대는 양들에게 호통을 쳐서 조용히 만들었다. 그런 다음, 그는 풍차 건설 계획을 열렬히 지지해 줄 것을 강력하게 호소했다. 그때까지 동물들의 의견은 거의 양분되어 있었다. 하지만 동물들은 순식간에 스노볼의 열변에 압도되어 버리고 말았다. 스노볼은 오랫동안 동물들에게 주어졌던 고된 노동이 사라지고 앞으로 찾아올지 모를 동물농장의 장밋빛 미래상을 그림 그리듯이 생생히 묘사해 냈다. 그의 상상력은 작두와 여물 절단기에 그치지 않았고, 여기에서 한층 더 나아가 자유롭게 펼쳐졌다. 그는 전기가 공급되면 모든 마구간에 전용 전등, 냉온수, 난방 등이 제공될 뿐만 아니라 탈곡기, 쟁기, 써레, 땅 고르개, 수확기, 건초 묶는 기계 등을 마음대로 작동시킬 수 있다고 말했다. 그가 연설을 모두 끝마쳤을 때, 표의 결과는 불을 보듯이 뻔해 보였다. 하지만 바로 그 순간 나폴레옹이 자리에서 벌떡 일어났다. 그는 특유의 곁눈질로 스노볼을 한번 노려본 다음, 지금까지 동물들 가운데 아무도 들어본 적 없을 만한 날카로운 고성을 질러 댔다.

그러자 밖에서 무섭게 짖어대는 개 소리와 함께 놋쇠 단추가 달린 목걸이를 두른 큰 개 아홉 마리가 헛간 안으로 뛰어들어왔다. 개들은 곧장 스노볼을 향해 달려갔다. 스노볼은 자리에서 벌떡 일어나 개들의 무시무시한 공격을 간신히 피했다. 스노볼이 곧장 문 밖으로 달아났고, 개들이 그의 뒤를 바짝 뒤쫓았다. 동물들은 너무 놀라 아무 말도 하지 못한 채 서로 밀치면서 문 밖으로 몰려나왔다. 그러고 나서 밖에서 벌어지는 쫓고 쫓기는 추격전을 지켜보았다. 스노볼은 큰길로 연결된 긴 목초지를 가로질러 달렸다. 그는 돼지로서 달릴 수 있는 한 최고의 속력으로 달렸지만, 개들이 그의 발꿈치까지 바짝 따라붙고 있었다. 스노볼이 갑자기 발이 삐끗하여 미끄러져 개들에게 곧 붙잡힐 것만 같았다. 하지만 그는 벌떡 일어나 전보다 더 빨리 뛰기 시작했고, 개들도 이에 질세라 다시 거리를 좁혀 갔다. 개 한 마리가 스노볼의 꼬리를 거의 물려는 순간, 스노볼은 간신히 꼬리를 흔들어 그의 공격을 뿌리쳤다. 그러고 나서 스노볼은 마지막 남은 힘을 다해 죽기 살기로 뛰었고, 겨우 몇 센티미터 차이로 울타리 구멍을 빠져나간 뒤 그대로 자취를 감추고 말았다.

동물들은 겁에 질려 아무 말도 하지 못한 채 헛간으로 되돌아왔다. 곧 스노볼을 추격하던 개들도 돌아왔다. 처음에는 이 개들이 어디서 왔는지 몰랐지만, 곧 그 의문이 풀렸다. 그 개들은 나폴레옹이 새끼 때부터 어미로부터 떼어내 키워 온 강아지들이었다. 그들은 아직 완전히 자라지는 않았지만 덩치가 매우 크고 늑대처럼 사나웠다. 그들은 계속 나폴레옹 곁에 바싹 붙어서 그를 향해 꼬리를 흔들어 댔다. 그 모습은 농장의 다른 개들이 존스 씨에게 했던 모습과 같아 보였다.

나폴레옹은 개들을 데리고 메이저가 예전에 서서 연설하던 높은 연단으로 올라갔다. 나폴레옹은 이제부터 일요일 아침 모임을 폐지한다고 했다. 그런 모임은 필요하지 않으며 시간 낭비에 불과하다고 말했다. 나폴레옹은 앞으로 농장 운영에 관한 모든 문제는 돼지들로만 구성된 특별위원회가 결정할 것이며, 이 위원회는 자신이 직접 주재할 것이라고 선언했다. 특별위원회는 비공개로 열릴 것이고, 결정 사항은 나중에 다른 동물들에게 알릴 것이라고 했다. 나폴레옹은 동물들은 여전히 일요일 아침에 모여 깃발에 경례하고 〈영국의 동물들〉을 합창한 다음 그 주일에 할 업무를 부여받을 것이지만, 토론은 완전히 폐지한다고 말했다.

동물들은 스노볼이 추방되고 나서 큰 충격을 받았다. 곧이어 그들은 나폴레옹의 발표를 듣고 나서 당혹스러움을 감추지 못했다. 동물들 가운데 일부는 이의를 제기할 게 떠올려지면 언제라도 항의를 표현하고자 했을 것이다. 심지어 복서까지도 마음이 불편하긴 마찬가지였다. 그는 귀를 뒤로 젖힌 채 앞 갈기를 몇 번 흔들면서 자신의 생각을 정리해 내려고 애썼다. 하지만 이의를 제기할 만한 말이 잘 떠오르지 않았다. 하지만 일부 돼지들은 나름대로 자기만의 소신을 밝힐 수 있었다. 앞줄에 자리를 잡고 있던 어린 식용 돼지 네 마리가 나폴레옹의 발표에 반대한다는 의미로 날카롭게 소리를 지르고 나서, 재빨리 자리에서 일어나 일제히 말하기 시작했다. 하지만 나폴레옹을 둘러싼 개들이 위협하듯이 으르렁거리자, 식용 돼지들은 아무 소리도 하지 못하고 그 자리에 털썩 주저앉고 말았다. 그러자 양들이 "네 다리는 좋고, 두 다리는 나쁘다!"를 큰 소리로 외쳤다. 이 소리를 거의 15분 동안 계속 외치는 바람에, 토론 분위기는 완전히 깨져 버리고 말았다.

그 후, 스퀼러가 농장 안을 돌아다니면서 다른 동물들에게 농장의 새로운 계획을 설명해 주었다.

스퀼러가 외쳤다.

"동무들! 나는 여기 모인 여러분들이 나폴레옹 동무가 얼마나 큰 희생을 치르면서 지금까지 고생하고 있는지에 대해서 큰 고마움을 느끼고 있으리라 믿습니다. 여러분, 지도자의 위치에 서 있다는 게 즐거운 일이라고는 생각하지 마십시오. 즐거운 일은커녕 그것은 오히려 무거운 책임을 지는 길입니다. 나폴레옹 동무는 모든 동물이 평등하다는 사실을 그 누구보다도 굳게 믿고 있는 분입니다. 그는 여러분들이 모든 일을 스스로 결정할 수 있기를 진심으로 바랍니다. 하지만 동무들, 여러분은 가끔 잘못된 결정을 할 때도 있습니다. 만약 그렇게 된다면 우리는 어떻게 될까요? 만약 여러분이 풍차 건설 같은 어리석은 망상에 사로잡혀서 범죄자나 다를 바가 없는 스노볼을 따르기로 결정했다면 어떻게 되었을까요?"

이때, 누군가가 이의를 제기했다.

"그는 지난번 '외양간 전투'에서 적에 맞서서 용감히 싸웠습니다."

스퀼러가 대답했다.

"용감한 것 하나만으론 충분하지 않죠. 충성과 복종이 더 중요해요. 또 '외양간 전투'에 대해선 스노볼의 공로가 지나치게 과장되었다는 사실이 알려질 날이 반드시 올 것입니다. 동무 여러분들! 규율, 철통같은 규율이 필요합니다. 이것이 오늘날 우리에게 필요한 구호입니다. 만약 우리가 한 걸음이라도 발을 잘못 디디면 우리에게 적들이 득달같이 들이닥칠 겁니다. 동무들, 여러분은 존스 씨가 다시 돌아오는 걸 분명 바라지는 않으시겠죠?”

이번에도 이런 식의 논의에 어느 누구도 제대로 반박할 수 없었다. 동물들은 존스 씨가 다시 돌아오는 것을 결코 원하지 않았다. 만약 일요일 아침에 토론을 벌이는 일이 존스 씨가 돌아오는 결과를 가져온다면 그 토론은 중단되어야 마땅했다. 복서는 여러 상황에 대해 두루 숙고할 시간을 갖고 나서, 동물들이 갖고 있는 일반적인 생각을 밝혔다.

“나폴레옹 동무가 옳다고 하면 그건 옳은 일일 거야.”

그때부터 복서는 ‘내가 남들보다 더 열심히 일하면 되지.’라는 자신의 신조에 ‘나폴레옹은 언제나 옳다.’는 좌우명을 하나 더 추가했다.

그 무렵 날씨가 풀려 봄 경작이 시작되었다. 스노볼이 풍차 설계도를 그렸던 헛간은 폐쇄되었다. 동물들은 그가 마룻바닥에 그렸던 그림들이 모두 지워졌을 것이라고 생각했다. 일요일 아침 10시가 되면 동물들은 항상 큰 헛간에 모여 그 주에 처리할 명령들을 지시받았다. 이제는 살점이 다 떨어져 나가고 없는 메이저의 해골을 무덤에서 수습해, 깃대 게양대 아래 나무 그루터기 위에 총과 함께 안치해 두었다. 깃발 게양이 끝나면, 동물들은 헛간으로 가기 전에 한 줄로 늘어서서 메이저의 두개골 앞을 지나가며 경의를 표시하라는 명령이 내려졌다. 이제 동물들은 예전처럼 한 자리에 함께 모여 앉아 있을 수가 없었다. 나폴레옹은 스퀼러, 그리고 노래를 만들고 시를 쓰는 데 재능이 있는 미니머스라는 돼지와 함께 높이 쌓은 연단 앞에 앉았다. 또 아홉 마리의 어린 개가 그들 주위를 반월형으로 둘러쌌고, 그 뒤에는 다른 돼지들이 앉았다. 나머지 동물들은 헛간 중앙에서 이들이 있는 연단 쪽을 마주보고 앉았다. 나폴레옹이 군인이 말하는 것 같은 거친 어투로 다음 주에 수행할 명령들을 읽어 주면, 모든 동물들은 〈영국의 동물들〉을 한 번만 합창하고 나서 바로 해산했다.

스노볼이 추방되고 나서 세 번째로 돌아온 일요일, 결국 나폴레옹이 풍차 건설 계획을 발표하자 동물들은 무척 놀랐다. 나폴레옹이 자신의 마음을 바꾼 이유에 대해서는 아무런 설명도 하지 않았다. 다만, 그는 이 특별 작업이 매우 어려운 일이며, 앞으로 식량 배급량을 줄여야 할지도 모른다고 했다. 하지만 그 계획은 이미 마지막 세부 사항까지 모두 준비가 완료된 상태였다. 지난 3주 동안 돼지들로 구성된 특별위원회는 비밀리에 그 작업을 준비해 왔다. 풍차 건설 사업은 또 다른 몇 가지 다른 개량 사업까지 포함하여, 앞으로 2년이 걸릴 것으로 예상되었다.

그날 밤, 스퀼러는 다른 동물들에게 나폴레옹이 실제로는 풍차 건설 계획에 반대했던 것이 아니라고 은밀하게 털어놓았다. 그와 반대로, 풍차 건설 계획안을 가장 먼저 착안해 낸 동물은 스노볼이 아니라 오히려 나폴레옹이었고, 스노볼이 부화장 마룻바닥에 그렸던 설계도 역시 나폴레옹의 서류에서 스노볼이 훔쳐간 것이라고 했다. 또 스퀼러는 풍차는 사실 나폴레옹이 독창적으로 착안해 낸 것이었다고 말했다. 누군가가 그렇다면 나폴레옹이 풍차 건설에 그토록 반대했던 까닭이 무엇이었느냐고 물었다. 이쯤 되자, 스퀼러는 교활한 표정을 지어 보였다. 그건 바로 나폴레옹 동무가 의도적으로 만들어 낸 꾀였다고 말했다. 스퀼러는 나폴레옹이 풍차 건립 계획에 반대한 것은 위험한 성격을 갖고 있는 데다가 다른 동물들에게 나쁜 영향을 미치고 있는 스노볼을 제거하기 위한 나폴레옹만의 훌륭한 책략이라고 말했다. 스퀼러는 지금 스노볼이 사라졌기 때문에 그의 간섭을 받지 않고 풍차 건설이 추진될 수 있을 거라고 말했다. 그는 이것이 바로 '전술'이라는 거라고 말했다. 그는 즐거운 듯 유쾌하게 웃으며 꼬리를 흔들어대며 이리저리 돌아다니면서 이런 말을 여러 번 반복했다.

"동무들, 그게 바로 전술이란 말이야, 전술, 전술!"

　동물들은 전술이란 말이 갖고 있는 뜻이 무엇인지 잘 알지 못했다. 하지만 스퀼러가 너무 설득력 있게 말하는 데다 그를 따라온 세 마리의 개가 워낙 위협적으로 으르렁거리는 바람에 더 이상 질문을 하지 못하고 그의 설명을 조용히 받아들여야만 했다.

6

그해에 동물들은 노예처럼 무척 힘들게 일했다. 하지만 그들은 일을 하면서 즐거워했다. 그들은 어떤 노력과 희생도 마다하지 않았다. 왜냐하면 그들은 자신들이 하고 있는 일이 자기 자신들과 다음 세대들을 위한 것이지, 일하지 않으며 착취만 하는 인간들을 위한 것이 아니란 사실을 잘 알고 있기 때문이었다.

봄과 여름 내내 동물들은 일주일에 60시간이나 일했다. 8월이 되자, 나폴레옹은 앞으로는 일요일 오후에도 일을 하게 될 것이라고 발표했다. 일요일 오후에 하는 노동은 강제성을 갖고 있지는 않지만 여기에 참여하지 않는 동물들에게는 식량 배급을 절반으로 줄일 거라고 했다. 이처럼 고된 노동을 했는데도 몇 가지 일들은 끝내 마무리하지 못한 채 남겨두어야만 했다. 수확은 지난해에 비해서 조금 줄었고, 초여름에 뿌리채소류를 심었어야 할 두 뙈기밭의 밭갈이가 조금 늦어져서 씨를 뿌리지 못했다. 모든 동물들은 다가오는 겨울을 힘들게 보내야 할 거라는 사실을 쉽게 예상할 수 있었다.

풍차를 건설하는 데는 예상치 못한 어려움이 뒤따랐다. 농장에는 질 좋은 석회암 채석장이 있었고, 헛간 한 곳에서는 모래와 시멘트가 많이 발견되었기 때문에 공사에 필요한 자재들은 모두 손쉽게 구할 수 있었다. 하지만 동물들이 가장 먼저 해결해야 할 문제는 어떻게 돌을 적당한 크기로 깨뜨리고 다듬느냐 하는 것이었다. 그러려면 곡괭이와 지렛대를 써야만 하는데 동물들은 뒷다리로 설 수 없기 때문에 그런 도구가 있더라도 도저히 사용할 방법이 없었다. 몇 주일 동안 헛된 노력을 반복한 끝에 누군가가 좋은 생각을 떠올렸다. 바로 지구의 중력을 이용하자는 것이었다. 채석장 바닥에는 너무 커서 그대로는 도저히 쓸 수 없는 크고 둥근 돌들이 이리저리 흩어져 있었다. 동물들은 이 돌에 밧줄을 묶어 젖 덕던 힘까지 다 써서 채석장 꼭대기까지 비탈길을 끌고 올라갔다. 암소, 말, 양뿐 아니라 밧줄을 붙잡을 수 있는 모든 동물들이 그 일에 매달렸다. 가끔 아주 결정적인 순간에는 돼지들도 동원됐다. 동물들은 채석장 꼭대기까지 끌어 올린 돌덩이를 아래로 굴려서 산산조각으로 부서뜨렸다. 일단, 잘게 부서진 돌들은 공사장까지 운반하기가 훨씬 쉬웠다. 말들은 돌을 마차에 실어 날랐고, 양들은 한 덩어리씩 날랐다. 뮤리얼과 벤저민도 낡은 이륜마차에 멍에를 걸어 메고 자신들의 일을 수행했다. 여름이 끝날 무렵, 그렇게 운반한 돌들이 충분히 쌓였고, 돼지들의 감독 아래 풍차 공사가 본격적으로 시작되었다.

하지만 풍차 공사는 힘들고 더딘 작업이었다. 돌덩어리 하나를 채석장 꼭대기까지 끌어올리는 데도 꼬박 하루가 걸릴 정도로 힘든 경우도 자주 있었다. 어떤 때는 벼랑 위에서 돌을 밀어 떨어뜨려도 돌이 제대로 깨지지 않을 때도 있었다. 만약 복서가 없었더라면 정말 아무 일도 제대로 하지 못했을지 모른다. 복서가 가진 괴력은 다른 동물들의 힘을 모두 합친 것과 맞먹는 것처럼 강력해 보였다. 돌덩어리를 끌고 올라가다가 미끄러지는 바람에 밧줄을 끌고 있던 동물들이 벼랑 아래로 동시에 끌려 내려가던 일도 있었다. 이 절체절명의 순간에 동물들이 극한의 공포심을 느끼며 비명을 지르곤 했는데, 그때 몸에 감은 밧줄을 잡아당겨서 돌덩어리를 정지시킨 동물은 바로 복서였다. 복서는 한껏 숨을 몰아쉬면서 돌덩어리가 미끄러지지 않도록 자신의 발굽으로 땅을 지지했다. 그러면서 자신의 커다란 옆구리가 땀으로 홍건해질 정도로 힘을 쓰며 한 발짝씩 비탈길을 올라가는 복서의 모습을 본 동물들은 경탄을 금할 수가 없었다. 가끔씩 클로버가 몸을 너무 혹사시키지 말라고 충고의 말을 건넸지만, 복서는 그 말을 전혀 귀담아 듣지 않았다. 복서의 두 가지 좌우명인 '내가 남보다 더 열심히 일한다.'와 '나폴레옹은 언제나 옳다.'는 그에게 있어 모든 문제를 해결할 수 있는 해답처럼 보였다. 복서는 수탉에게 매일 아침 다른 동물들보다 30분 먼저 깨워 달라던 것을 이제는 45분 일찍 깨워 달라고 부탁했다. 또 요즘 들어 쉴 시간이 그리 많지 않았지만 혹시 잠시라도 휴식 시간이 생기면 그는 채석장으로 가서 부서진 돌덩어리를 혼자서 한 짐씩 주워 가지고 풍차 건설장까지 끌고 오곤 했다.

여름 내내 풍차 건설 작업은 힘들었지만 동물들의 생활은 그리 나쁘지 않았다. 존스 씨가 주인이었던 시절보다 식량 배급이 더 풍족하지는 않았지만, 그렇다고 해서 그보다 더 적지도 않았다. 동물들끼리만 먹고 살면 그만이었고, 사치스런 다섯 명의 인간들을 먹여 살릴 필요도 없어졌다. 이런 이점 때문에 여러 번의 실패가 이어졌음에도 불구하고 그 실패를 충분히 보상할 수 있었다. 게다가 동물들의 작업 방식은 여러 가지 면에서 인간들의 작업 방식보다 더 효율적이었기 때문에, 노동력도 많이 줄어들었다. 예를 들어, 제초 작업 같은 일은 인간이라면 불가능했을 정도로 매우 철저히 진행할 수 있었다. 게다가 어떤 동물도 도둑질을 하지 않았기 때문에 경작지와 목장 사이에 울타리를 쳐둘 필요도 없었다. 그래서 울타리와 문을 손질하거나 수리하는 데 드는 노동력도 크게 절약되었다. 하지만 여름이 지나는 동안, 예상하지 못했던 여러 가지 물건들이 부족해져 있다는 사실을 알게 되었다. 파라핀기름, 못, 끈, 개가 먹을 비스킷, 말발굽에 박는 징 따위가 부족했다. 이런 것들은 농장에서 자체로 생산해 낼 수 있는 물건들이 아니었다. 나중에는 여러 가지 연장 따위 말고도 씨앗, 인공비료도 필요했고, 마침내 풍차에 쓸 기계들도 필요했다. 이런 것들을 어떻게 가져올 수 있을지 생각해 낼 수 있는 동물은 그 누구도 없었다.

어느 일요일 아침, 동물들이 작업 지시를 받기 위해 헛간에 모였을 때 나폴레옹은 새로운 정책 한 가지를 결정했다고 했다. 이제부터 동물농장은 이웃 농장들과 거래하게 되었다는 것이었다. 물론 상업적 용도를 위해서가 아니라 긴급 물품들을 구입하기 위해서라고 했다. 나폴레옹은 풍차 건설에 필요한 물품은 다른 모든 물건보다 우선적으로 필요하다고 했다. 그래서 건초 한 더미와 올해 수확할 밀 일부를 팔 준비를 하고 있고, 앞으로 돈이 더 필요하면 달걀을 더 팔아 보충할 것이라고 말했다. 참고로, 윌링던에는 항상 달걀 시장에서 거래가 이루어졌다. 나폴레옹은 이런 조치가 암탉들이 풍차 건설을 하는 데 필요한 특별한 공헌으로 여기며, 자신들의 이러한 희생을 기쁘게 감수해 주기를 바란다고 말했다.

동물들은 다시금 막연하게나마 불안감을 느꼈다. 인간들과는 절대로 관계를 갖지 않을 것, 인간들과는 절대르 거래하지 않을 것, 인간들과는 절대로 돈을 사용하지 않을 것. 이런 세 가지 원칙들은 존스 씨를 쫓아내고 난 뒤에 만들어진 '제1차 전승 대회'에서 통과되었던 결의안들이 아니던가? 모든 동물들은 이 결의안들이 통과된 사실을 또렷이 기억하고 있었다. 아니, 적어도 기억하고 있다고 생각했다. 나폴레옹이 정기 모임을 폐지한다고 발표했을 때 이를 두고 어린 돼지 네 마리가 항의하려 했었다. 그들이 무척 조심스럽게 말을 꺼냈을 때, 나폴레옹의 개들이 무섭게 으르렁거리는 탓에 그들은 금방 입을 다물어 버리고 말았다. 그러고 나서 양들이 항상 그러했던 것처럼 "네 다리는 좋고, 두 다리는 나쁘다!"라는 구호를 외치자, 곧 어색한 분위기는 무마되어 버렸다. 드디어 나폴레옹은 자신의 앞발을 들어 조용히 하라는 몸짓을 했다. 또 자신이 이미 모든 준비를 끝내 놓았다고 밝혔다. 농장 동물들이 인간들과 만나는 것은 결코 바람직한 일이 아니므로, 그 일은 자신이 직접 하기로 했다는 것이다. 그는 윌링던에 사는 휨퍼라는 변호사가 동물농장과 외부 세계를 연결해 주는 중개인 역할을 담당하는 데 동의했다고 했다. 휨퍼 변호사는 자신의 지시를 받기 위해 매주 월요일 아침에 농장을 방문

할 예정이라고 했다. 그러고 나서 나폴레옹은 항상 그렇게 해 왔듯이 "동물농장, 만세!" 하고 외치며 연설을 끝마쳤다. 동물들은 〈영국의 동물들〉을 합창한 뒤에 흩어졌다.

그 뒤, 스퀄러가 농장을 돌아다니면서 동물들의 불안한 마음을 안심시켜 주었다. 스퀄러는 인간들과 장사를 하지 않는다거나 돈을 사용하지 않는다는 결의안은 통과된 적이 없다고 했다. 게다가 그런 결의안조차 제출된 적이 없다고 동물들을 설득했다. 스퀄러는 그것은 순전히 동물들이 떠올린 공상에 불과하며, 그런 공상은 아마 스노볼이 초기에 퍼뜨린 거짓말에서 출발했을 가능성이 크다고 말했다. 일부 동물들이 그 말에 대하여 믿을 수 없다는 듯이 의심의 눈초리를 보냈다. 그러자 스퀄러는 그들을 향해 날카로운 질문 공세를 폈다.

"동무들, 혹시 동무들이 꿈을 꾼 건 아니오? 동무들은 그런 결의안이 적혀 있는 기록을 어디에 가지고 있소? 어디라도 기록해 놓은 것이 있난 말이오?"

그런 결의안이 기록으로 남아 있지 않다는 건 분명했다. 그렇기 때문에 동물들은 자신들이 잘못 착각하고 있다고 생각하고, 스스로 안심했다.

휨퍼 변호사는 이미 정한 약속대로 월요일마다 농장을 방문했다. 구레나룻을 기른 그는 인상이 교활해 보였고 덩치는 왜소했다. 그는 아주 사소한 일을 주로 다루는 변호사였다.

하지만 그 누구보다 약삭빠른 그는 동물농장에서 중개인을 필요로 할 게 분명하고, 그로 인해 거기서 나오는 수수료도 만만치 않을 것임을 일찍 알아차렸다. 동물들은 그가 농장을 출입하는 것을 두려운 눈으로 지켜보았고, 가능한 한 그와 마주치지 않으려고 애를 썼다. 하지만 네 다리를 가진 동물 나폴레옹이 두 다리를 가진 인간 휨퍼 변호사에게 지시를 내리는 모습은 동물들로 하여금 우쭐해할 만큼 자부심을 갖기에 충분했다. 그 덕분에 농장 동물들은 나폴레옹이 내리는 새로운 조치에 대해 부분적으로나마 만족을 느꼈다. 이제 동물들과 인간들 사이의 관계는 예전과 달랐다. 하지만 현재 동물농장이 번영한다고 해도 인간들의 동물농장에 대한 증오가 줄어든 것은 아니었다. 실제로는 예전보다 오히려 동물농장을 더 증오했다. 모든 인간들은 동물농장이 곧 파산할 것이며, 풍차 건설 사업도 실패할 것이 분명하다고 확신했다. 인간들은 종종 술집에 모여서 풍차는 반드시 무너질 것이며, 비록 완성된다고 하더라도 절대 작동은 되지 못할 것이라고 그림을 그려 가며 서로 그 사실을 증명해 보이곤 했다. 하지만 그렇게 하면서도 한편으로 인간들은 동물들이 농장을 매우 합리적으로 운영하고 있는 것에 대해서는 어쩔 수 없이 인정하지 않을 수 없었다. 이제 인간들은 '매너 농장'이라고 부르지 않고, '동물농장'이라고 부르기 시작했다. 이것만 보더라도 인간들이 동물들을 인정하는 증거라고 볼 수 있는 것이다. 게다가 그들은 농장으로 돌아가겠다는 마음을 포기하고, 다른 지방으로 이사를 가 버린 존스 씨를 더 이상 옹호하지도 않았다. 휨퍼 변호사를 통한 거래를 제외하고는 동물농장과 바깥 세상 사이에는 그 어떤 접촉도 없었다. 하지만 나폴레옹이 폭스우드 농장의 필킹턴 씨나 핀치필드 농장의 프레더릭 씨 중 한 명과 어떤 결정적인 거래를 하려 한다는 소문이 계속해서 나돌고 있었다. 하지만 정확한 사실은 모르지만 동물농장이 이들 두 사람과 동시에 거래하지는 않을 것이라고 알려졌다.

이 무렵, 돼지들은 농장 주택으로 갑자기 이주한 뒤 그곳에서 살기 시작했다. 동물들은 어떤 동물도 인간이 사는 집 안에서 살아서는 안 된다는 결의안이 초기에 통과되었다는 사실을 기억하고 있었다. 하지만 이번에도 스퀼러가 그런 게 아니라며 동물들을 설득했다. 스퀼러는 농장에서 두뇌 역할을 담당하는 돼지들은 조용히 일할 장소가 반드시 필요하다고 말했다. 또 그는 보통의 돼지우리보다 집에서 사는 것이 '지도자'(최근에 그는 나폴레옹을 '지도자'라고 부르곤 했다.)의 권위에 어울린다고 했다. 하지만 몇몇 동물들은 돼지들이 인간과 똑같이 식당에서 식사하고, 응접실을 휴게실로 이용할 뿐 아니라, 침대에서 잠을 잔다는 소문이 들리자 무척 혼란스러워했다. 복서는 항상 그랬듯이, '나폴레옹은 항상 옳다.'는 말을 하며 그냥 넘어갔다. 하지만 클로버는 '어떤 동물도 침대를 사용해서는 안 된다.'라는 규율이 있다는 사실을 기억하고, 헛간으로 가서 벽에 적혀 있는 일곱 계명을 확인해 보려 했다. 그녀는 글자를 한 자씩밖에는 읽을 수 없었기 때문에 뮤리얼을 데리고 갔다.

클로버가 뮤리얼에게 말했다.

"뮤리얼, 네 번째 계명을 좀 읽어 줘요. 침대에서 잠을 자면 절대 안 된다고 적혀 있지 않나요?"

뮤리얼은 힘들게 한 자씩 네 번째 계명을 읽어 나갔다.

"어떤 동물도 '시트를 깐' 침대에서 잠을 자서는 안 된다고 적혀 있네요."

클로버는 어떻게 된 일인지 도저히 분간할 수가 없었다. 클로버가 기억하기로는 네 번째 계명에 '시트'란 말은 전혀 언급되어 있지 않았기 때문이었다. 하지만 벽에 분명히 그렇게 적혀 있었으니 어찌할 도리가 없었다. 이때, 개 두 마리를 데리고 우연히 그 곁을 지나가던 스퀼러가 이 문제에 대해 확실히 설명해 주었다.

"동무들도 우리 돼지들이 농장 주택 침대에서 잔다는 소문을 들은 거지요? 그렇게 하면 안 되는 겁니까? 설마 동무들은 우리가 침대에서 자면 안 된다는 규율이 있다고 생각하는 건 아니겠지요? 침대란 것은 단순히 잠자는 곳을 의미할 뿐이오. 외양간 짚더미도 엄밀히 이야기한다면 침대가 아니고 뭐란 말이오? 그 규정은 바로 인간이 발명한 시트를 사용하는 것을 금하는 일입니다. 우리는 농장 주택 침대에서 시트를 없애 버리고 담요 속에서만 자고 있습니다. 그것도 편안한 침대입니다. 하지만 동무들, 요즘 우리 돼지들이 하는 정신노동을 생각해 보면 지나치게 편안한 것은 아닙니다. 동무들, 설마 우리에게서 휴식을 빼앗고 싶은 건 아니겠지요? 우리들이 피로에 찌들어 임무를 잘 수행하지 못하기를 바라지는 않겠지요? 그 누구도 존스 씨가 다시 돌아오기를 바라는 동물은 없으리라고 생각합니다.”

이 마지막 말을 듣고, 동물들은 절대 그런 것이 아니라며 스퀼러의 마음을 진정시켰다. 또 그 뒤로 그들은 더 이상 돼지들이 농장 주택 침대에서 자는 것에 대하여 아무 말도 하지 않았다. 며칠 후, 돼지들은 이제부터 다른 동물들보다 아침에 한 시간씩 늦게 일어나기로 결정했다는 발표를 했다. 하지만 이런 발표가 나왔을 때, 아무도 이를 두고 불만을 표현하지 않았다.

가을이 올 무렵, 동물들은 몸은 지쳐 있었지만 마음은 행복했다. 그들은 힘든 한 해를 보냈다. 건초와 옥수수 일부를 시장에 내다판 뒤여서, 겨울철 식량도 풍족하지 않았다. 하지만 풍차만 떠올리면 이 모든 일을 거뜬히 이겨낼 수 있었다.

풍차 건설이 거의 절반쯤 진행되었을 때였다. 수확을 끝마치고 난 뒤, 한동안 맑고 건조한 날씨가 유지되었다. 동물들은 그 어느 때보다 열정적으로 일했다. 풍차 벽을 한 자라도 더 높일 수 있다면, 동물들은 하루 종일 돌덩어리를 들고 채석장을 왔다 갔다 나를 정도의 가치가 충분히 있다고 여겼다. 심지어 복서는 한밤중에도 홀로 나와 달빛 아래서 한두 시간씩 일을 더 하곤 했다. 동물들이 잠시 시간이 날 때에는 공사가 절반쯤 끝난 풍차 건물 주위를 돌아보곤 했다. 그러면서 벽이 수직으로 우뚝 서 있는 튼튼한 풍차의 모습을 보고 감탄하기도 하고, 자신들이 이와 같이 당당한 구조물을 세울 수 있었다는 것에 대해 놀라움을 금치 못하고 있었다. 다만 벤저민만이 풍차 건설에 열광적이지 않았다. 늘 그랬던 것처럼, 그는 당나귀는 오래 산다는 수수께끼 같은 말만 던질 뿐이었다.

11월이 다가오자, 남서풍이 매섭게 불어오기 시작했다. 날씨가 너무 습한 탓에 시멘트를 섞을 수 없어, 공사를 잠시 중단해야 했다. 어느 날 밤, 강풍이 엄청나게 불었다. 그래서 농장 건물이 바닥까지 심하게 흔들렸고, 헛간 지붕은 기왓장이 여러 개 떨어져나갈 정도였다. 암탉들은 완전히 겁에 질려 꼬꼬댁거리면서 잠에서 깼다. 왜냐하면 암탉들은 멀리서 총소리가 들리는 꿈을 똑같이 꾸었기 때문이었다. 아침이 되어, 동물들이 우리에서 나와 보니 깃발 게양대가 바람에 날려 넘어져 있었다. 게다가 과수원 아래쪽에 있던 느릅나무 한 그루가 무가 뽑혀 나가듯이 뿌리째 뽑혀 있었다. 그 모습을 본 동물들에게서 절망적인 비명이 터져 나왔다. 그런데 더욱더 상상할 수조차 없이 놀라운 광경이 눈앞에 펼쳐져 있었다. 풍차가 무너진 것이었다.

모든 동물들이 동시에 그 현장으로 달려갔다. 평소에는 절대 뛰는 법이 없던 나폴레옹도 앞서서 달렸다. 정말로 풍차가 쓰러져 있었다. 그들이 노력을 기울인 결과물이던 그 풍차가 바닥까지 무너져 있었다. 또 그들이 그렇게도 힘들여 깨부수어 가면서 힘들게 운반했던 돌덩어리들이 여기저기에 흩어져 있었다. 처음에 동물들은 기가 막혀 아무 말도 나오지 않았다. 그저 무너진 돌무더기들을 비통한 표정으로 바라보고만 있었다. 아무 말 없이 이리저리 오락가락하면서 바라보던 나폴레옹은 종종 땅에 코를 대고 쿵쿵거리며 냄새를 맡곤 했다. 그의 꼬리가 굳어져서 좌우로 심하게 움직였다. 그것은 그가 온 정신을 한곳에 집중하고 있다는 신호였다. 나폴레옹은 갑자기 결심이라도 한 듯이 걸음을 멈추었다.

그는 조용한 목소리로 말을 꺼냈다.

"동무들, 이게 과연 누구의 소행일까요? 한밤중에 우리 곁에 몰래 찾아와서 풍차를 무너뜨린 게, 누구인지 알겠소? 바로 스노볼이오, 스노볼!"

그는 갑자기 목청을 높이며 우레 같은 목소리로 외쳤다.

"이건 분명히 스노볼의 만행이오. 그는 야심한 밤을 틈타 몰래 이곳에 잠입한 거요. 그래서 거의 1년이나 공들인 우리들의 작업을 파괴해 버린 것이오. 이것은 순전히 우리에게 앙심을 품어 우리 계획을 좌절시킨 것이란 말이오. 자신이 수치스럽게 추방당한 것을 복수하기 위해 이런 만행을 저지른 것이죠. 동무들, 나는 지금 이 자리에서 스노볼에게 사형을 선고하는 바입니다. 그 누구든 그를 찾아 처단한다면 '등물 영웅 2급 훈장'과 함께 사과를 상으로 내리겠습니다. 만약 그를 산 채로 데려올 경우, 사과를 그 두 배로 줄 것이오."

동물들은 스노볼이 어떻게 그런 무지막지한 만행을 저지를 수 있냐며 헤아릴 수 없을 만큼 큰 충격을 받았다. 동물들에게선 분노에 가득 찬 외침 소리가 터져 나왔고, 모두들 스노볼이 다시 침입한다면 어떻게 사로잡을까 하는 궁리를 하기도 했다. 언덕에서 조금 떨어진 풀밭에서는 한 마리의 돼지 발자국이 발견되었다. 돼지 발자국은 겨우 몇 미터만 이어져 있었지만 울타리 구멍으로 연결되어 있는 것 같았다. 나폴레옹은 발자국 냄새를 오랫동안 맡아보고 나서 그 침입자가 바로 스노볼임이 분명하다고 단언했다. 그는 스노볼이 폭스우드 농장 쪽에서 건너왔을 것이라는 의견도 내놓았다.

"동무들, 더 이상 꾸물거릴 필요가 없습니다."

발자국 조사가 끝나자, 나폴레옹이 외쳤다.

"앞으로도 우리에게는 할 일이 있소. 지금 당장 무너진 풍차를 재건하는 일에 앞장섭시다. 앞으로 비가 오거나 날씨가 좋거나, 겨울 내내 우리들이 벌인 공사를 다시 완수해 나갑시다. 그 비열한 배신자가 우리들의 소중한 작업을 함부로 망가뜨릴 수 없다는 사실을 분명히 가르쳐 줍시다! 동무 여러분들, 기억하십시오! 우리들의 계획에는 단 한 점의 변화도 있을 수 없다는 사실을 말입니다. 승리하는 그 날까지, 우리는 우리들이 계획한 일을 반드시 밀고 나갈 것입니다. 동무들, 전진합시다! 풍차 만세! 동물농장 만세!"

아주 혹독한 겨울이었다. 폭풍우가 몰아치고 나서 진눈깨비와 눈이 내리는 날씨가 이어졌다. 이렇게 혹독한 추위는 2월이 지나도 전혀 풀리지 않았다. 동물들은 풍차를 자건하는 데 최선의 정성을 다 기울였다. 바깥세상이 그들을 주목하고 있고 만약 풍차가 예정된 때에 완성되지 않으면 동물농장을 시기하고 질투하는 인간들이 무척 기뻐하며 즐거워할 것임을 잘 알고 있었기 때문이다.

악의에 가득 찬 인간들은 풍차를 무너뜨린 범인이 스노볼이라는 소문을 믿지 않는 척했다. 인간들은 풍차가 무너진 까닭이 풍차 벽을 너무 얇게 쌓았기 때문이라고 주장했다. 동물들은 그들의 주장이 사실이 아니란 걸 잘 알고 있었다.

하지만 동물들은 예전의 45센티미터였던 벽 두께를 이번에는 90센티미터로 두 배나 더 두텁게 쌓기로 했다. 그렇기 때문에 그만큼 돌을 더 많이 모아야만 했다. 채석장에는 오랫동안 눈이 쌓여서 아무것도 할 수 있는 게 없었다. 얼마 후에는 서리가 내리고 건조하며 추운 날씨가 이어졌지만 비교적 날씨가 좋아서 작업이 조금 진척되긴 했다. 하지만 원래 겨울철 공사는 고된 일이라서 동물들은 예전처럼 일에 대해서 좀처럼 희망을 가질 수가 없었다. 그들은 항상 추위에 떨어야 했고, 배가 고파서 미칠 지경이었다. 하지만 복서와 클로버만큼은 용기를 잃지 않고 있었다. 스퀼러는 봉사의 기쁨과 노동의 신성함에 대한 요란한 연설을 해댔다. 하지만 다른 동물들은 그의 현란한 연설보다 복서의 엄청난 괴력과 '내가 남들보다 더 열심히 하면 된다.'는 한결같은 구호에서 더 큰 용기를 얻곤 했다.

올해 1월이 되자 식량이 부족해지기 시작했다. 옥수수 배급량은 급격히 줄어들었고, 부족한 분량을 채우기 위해 특별히 감자를 더 배급한다는 발표가 있었다. 하지만 알고 보니 수확한 감자 대부분을 제대로 덮어 주지 않아서 많은 양의 감자가 대부분 얼어 버리고 말았다. 감자는 물렁물렁해지고 변색되어서 그 가운데서 먹을 수 있는 것이 몇 개 채 남지 않았다. 어떤 때는 동물들이 며칠씩 왕겨와 근대만을 먹고 지냈다. 바로 눈앞에 굶어 죽을 날이 다가온 것만 같아 보였다.

하지만 농장이 처한 힘든 사정을 바깥세상에는 감추어야 할 필요가 있었다. 풍차가 무너졌다는 소식을 듣고 힘을 얻은 인간들은 동물농장에 대해 새로운 헛소문들을 퍼뜨리기 시작했다. 지금 농장 동물들이 모두 굶주림과 함께 병어 걸려 죽어 가고 있다느니, 싸움이 끊이지 않고 계속해서 이어진 나머지 같은 동족들을 서로 잡아먹고 새끼들을 죽이는 만행이 자주 벌어지고 있다느니 하는 해괴한 소문들이 다시 한 번 퍼져 나가기 시작했다. 나폴레옹은 농장 내부의 식량 사정이 바깥세상에 알려질 경우 다른 어떤 나쁜 결과가 생길지 잘 알고 있었다. 그렇기 때문에 나폴레옹은 휨퍼 씨를 시켜서 이러한 사실과 반대의 소문을 퍼뜨리기로 했다. 지금까지 동물들은 매주 월요일마다 농장을 찾아오는 휨퍼 씨와는 만날 기회가 전혀 없거나 거의 없었다. 하지만 지금은 몇몇 선발된 동물들 (선발된 동물들 대부분은 양이었다.)이 휨퍼 씨가 들을 수 있는 곳에서 식량 배급이 늘었다는 말을 주고받으라고 지시받았다. 이뿐만 아니라 나폴레옹은 곳간의 빈 곡물 통은 모래로 가득 채우고 그 위를 남은 곡식과 곡식가루로 살짝 덮어 놓으라고 지시했다. 이처럼 나폴레옹은 적당한 구실을 만들어 휨퍼 씨를 곳간으로 데리고 간 뒤, 곡물 통을 슬쩍 들여다보게 했다. 휨퍼 씨는 나폴레옹의 이러한 술책에 깜빡 속아 넘어갔다. 그 덕분에 휨퍼 씨는 동물농장에 식량이 부족한 일은 절대 없다며 바깥세상에 계속해서 이렇게 소문을 퍼뜨렸다.

1월 말이 되자, 어디서든 곡물을 더 가져오지 않으면 안될 지경이 되었다. 최근 들어, 나폴레옹은 공식 석상에는 거의 나타나지 않았고, 하루 종일 농장 주택에 틀어박혀 지냈다. 그래도 사나운 개들이 모든 문을 계속 지키고 있었다. 나폴레옹은 집 밖으로 나올 때면 항상 격식을 차렸다. 여섯 마리의 개가 가까운 거리에서 호위를 했다. 개들은 나폴레옹에게 가까이 다가오는 이들이면 그 누구라도 사납게 으르렁거렸다. 그는 일요일 아침 모임에도 자주 나타나지 않았고, 자기 지시를 내리는 다른 돼지들, 특히 스퀼러를 통해서 명령을 전달했다.

어느 일요일 아침, 스퀼러는 이제 막 알을 낳기 시작한 암탉들에게 통보했다. 알을 낳으면 모두 자신에게 바쳐야 한다는 것이었다. 나폴레옹은 휨퍼 씨를 통해 매주 400개의 달걀을 팔기로 한 계약을 마친 것이었다. 나폴레옹은 여기서 나온 판매 대금으로 형편이 조금 나아지는 여름까지 농장을 운영할 곡식과 곡물 가루를 사들일 계획을 갖고 있었던 것이었다.

이 발표를 듣고 난 암탉들은 무섭게 고함을 지르면서 대들었다. 암탉들은 예전에 자기희생이 필요할 날이 올지도 모른다는 말을 듣기는 했었지만 실제로 이런 상황에 처하게 될지는 상상하지도 못했던 것이다. 암탉들은 봄 병아리를 쿠화시키기 위해 알들을 막 품고 있었다. 이러한 때에 소중한 알들을 빼앗아 가는 일은 살생 행위라며 항의했다. 농장에서는 존스 씨를 추방하고 난 뒤로는 처음으로, 반란에 가까운 전운이 감돌았다. 암탉들은 나폴레옹의 이러한 요구를 막아나기 위해 검은 미노르카종 젊은 암탉 세 마리를 중심으로 해서 뭉쳤다. 그들은 서까래로 날아 올라가 알을 낳아서 바닥에 떨어뜨려 깨뜨리는 방식으로 단체 행동을 감행했다. 이에 대해 나폴레옹은 즉시 무자비한 조치를 취했다. 나폴레옹은 암탉들에게 식량을 배급하지 말도록 명령했다. 그 누구라도 암탉들에게 한 톨의 곡식 알갱이라도 건네주면 죽음을 면치 못할 것이라고 강력하게 선포했다. 개들이 이 명령이 제대로 지켜지는지 감시했다. 암탉들은 닷새를 못 버티고 항복했고, 곧 자신의 둥우리로 되돌아갔다. 그 와중에 암탉 아홉 마리가 죽었다. 죽은 암탉들은 과수원에 묻혔다. 사망 원인은 기생충 감염, 즉 콕시디아증이라는 기생충병에 걸려 죽었다고 했다. 휨퍼 씨는 이 사건에 대해 전혀 알지 못했다. 다만, 그는 제때에 달걀을 건네받았으며, 일주일에 한 번씩 식품점 가게의 마차가 농장 안으로 들어와 어김없이 달걀들을 싣고 갔다.

　이런 일들이 벌어지는 와중에도, 스노볼은 동물들의 눈에 전혀 띄지 않았다. 들려오는 소문에 의하면, 스노볼은 가까운 폭스우드 농장이나 핀치필드 농장 중 한 곳 어딘가에 숨어 있을 거라는 소문이 나돌았다. 그 무렵, 나폴레옹과 두 이웃 농장주와는 예전보다 더 좋은 관계를 맺고 있었다. 때마침, 동물농장 마당에는 10년 전 너도밤나무 숲을 벌목했을 때 베어낸 목재가 여전히 남아 있었다. 목재는 10년의 세월 동안 잘 건조되었다. 휨퍼 씨는 나폴레옹에게 그 목재를 팔라고 권했다. 특히, 필킹턴 씨와 프레더릭 씨가 그 목재를 사고 싶어 했다. 나폴레옹은 두 사람 가운데 누구에게 목재를 팔 것인지 결정을 내리지 못했다. 그가 프레더릭 씨에게 목재를 넘기기로 결정한 듯하면 스노볼이 폭스우드에 숨어 있다는 소문이 들렸고, 필킹턴 씨에게 마음이 기울면 스노볼이 핀치필드에 숨어 있다는 소문이 떠돌았기 때문이다.

이른 봄 어느 날, 갑자기 깜짝 놀랄 만한 사실이 밝혀졌다. 스노볼이 몰래 밤을 틈타 농장을 자주 들락거렸다는 것이다. 이 소식을 들은 동물들은 밤에 잠을 이루지 못했다. 매일 밤마다 스노볼이 어둠을 틈타 농장으로 들어와서는 갖은 만행을 다 저질렀다고 했다. 옥수수를 훔치기도 하고, 우유 통을 뒤엎어 놓기도 하며, 달걀을 깨뜨리기도 했다고 전해졌다. 게다가 묘목을 짓밟고, 과일나무의 껍질을 이빨로 갉아 벗겨 버렸다는 말도 전해졌다. 이 말이 전해진 뒤로는, 이상한 일이 생기기만 하면 모두 스노볼 탓으로 돌렸다. 유리창이 깨지는 일이 일어나거나, 하수구가 막혀도 누군가가 스노볼이 간밤에 들어와 그렇게 했다고 말했다. 또 곳간 열쇠가 분실되었을 때도 모든 농장 동물들은 스노볼이 열쇠를 우물에 던져 버렸다고 믿었다. 더욱 이해가 안 되는 일은 그 열쇠를 나중에 곡식 자루 아래에서 찾았음에도 불구하고 동물들은 스노볼이 열쇠를 우물에 던져 버렸다는 이야기를 여전히 굳게 믿는 것이었다. 암소들은 스노볼이 외양간으로 들어와 자신들이 잠자고 있는 사이에 자신들의 젖을 짜 가지고 갔다고 입을 모아 말했다. 더 나아가, 그해 겨울 말썽을 피우던 쥐들이 스노볼과 한 패라는 소문도 심심치 않게 떠돌았다.

나폴레옹은 스노볼이 저지른 만행을 철저히 조사하라고 지시를 내렸다. 그는 농장 건물들을 두루 자세하게 조사한다는 명목으로 개들을 데리고 수색을 나가곤 했다. 다른 동물들은 나폴레옹에 대한 존경의 표시로 어느 정도 거리를 두고 그의 뒤를 따랐다. 나폴레옹은 몇 발짝 걷다가 걸음을 검추었다. 그러고 나서 스노볼의 발자국을 찾으려고 코를 땅에 대고 킁킁 냄새를 맡았다. 나폴레옹은 스노볼의 발자국을 냄새로 찾아낼 수 있다고 했다. 그는 헛간, 외양간, 닭장, 채소밭 따위를 가리지 않고 농장 구석구석까지 냄새를 맡았다. 그래서 거의 모든 곳에서 스노볼이 있던 흔적을 찾아냈다. 나폴레옹은 코를 땅에 대고 여러 번 깊이 냄새를 들이 맡은 뒤, 무서운 목소리로 외치곤 했다.

"스노볼! 스노볼이야! 그 놈이 여기 왔다 갔어! 분명 그 놈이 남겨 놓은 냄새라고!"

그가 스노볼이란 말을 할 때마다 개들은 자신의 송곳니를 드러내며 으르렁거렸다.

동물들은 완전히 겁에 질려 버렸다. 그들에게 스노볼은 눈에 보이지 않으면서도 공기 속에 퍼져 자신들에게 영향을 끼치는 존재처럼 느껴졌다. 마치 자신들 주변으로 파고 들어와 갖은 종류의 위험으로 협박을 가하는 이상한 힘처럼 여겨졌다. 저녁이 되자, 스퀼러는 동물들을 모두 불러 모았다. 그는 놀란 표정을 지으며 중대 소식을 발표하겠다고 했다.

스퀼러는 신경질적으로 펄쩍 날뛰며 소리를 질렀다.

"동무들, 아주 놀라운 사실이 밝혀졌소. 스노볼이 핀치필드 농장의 농장주 프레더릭 씨와 손을 잡았소. 여러분들도 잘 알다시피, 프레더릭 씨는 우리를 습격해서 농장을 뺏으려고 하는 자 아니겠소? 스노볼은 공격이 시작되면 프레더릭 씨의 안내자 역할을 맡기로 했다고 합니다. 그런데 여기에 그치지 않소. 더 무시무시한 일이 발각되었소. 그동안 우리는 스노볼이 자신의 허영심과 야심 때문에 반역을 꾸몄다고 생각하고 있었소. 그런데 동무들, 우리가 잘못 알고 있었소! 그가 그렇게 하는 진짜 이유가 무엇인지 알겠소? 스노볼은 처음부터 존스 씨와 한통속이었던 거요. 한마디로 말하면, 그는 존스 씨의 스파이 노릇을 했던 거요. 이 모든 사실은 최근이 스노볼이 남기고 간 문서에서 밝혀졌소. 동무들, 이 문서가 모든 것들을 말해 주고 있다고 생각하고 있소. 다행히 실패르 돌아 갔으니 망정이지, 그가 '외양간 전투' 때 그가 어떤 식으로 우리 동물들을 무너뜨리고 파괴하려고 했는지 우리 모두 두 눈으로 똑똑히 목격하지 않았소?"

이 말을 들은 동물들은 너무 놀라서 큰 충격을 받았다. 만일 스퀼러가 한 말이 진실이라면, 그것은 풍차를 무너뜨린 일보다 훨씬 더 사악한 짓이었다. 하지만 동물들이 스퀼러의 말을 받아들이기에는 어느 정도 시간이 걸렸다. 그들은 '외양간 전투'를 맞이하여 스노볼이 어떻게 앞장서서 싸웠는지, 그리고 위기상황에 처할 때마다 동물들을 어떤 방법으로 격려하고 하나로 만들었는지, 또 존스 씨가 쏜 총을 등에 맞고서도 피를 흘리면서도 이를 견디며 어떻게 싸워왔는지를 기억했다. 아니, 기억하고 있다고 생각했다. 이런 사실을 잘 알고 있는 동물들은 스노볼이 존스 씨의 스파이라는 스퀼러의 말을 그대로 받아들일 수 없었다. 평소에 질문을 통 하지 않던 복서도 당황스럽기는 마찬가지였다. 그는 자신의 앞발을 아래로 구부리고 앉아, 눈을 감았다. 그러고 나서 애를 써 가면서 자신의 생각을 정리하려고 했다.

드디어 복서가 말했다.

"난 당신이 한 말을 도저히 믿을 수가 없소. '외양간 전투' 당시, 스노볼은 그 누구보다도 용감히 적에 맞서 싸웠소. 내가 이 두 눈으로 직접 보았소. 게다가 우리는 전투가 끝나고 나서 그에게 '동물 영웅 1급 훈장'을 주지 않았소?"

"동무, 그것은 우리 최대의 실수였소. 지금에 이르러서야 우리는 진실을 알게 된 것이오. 우리가 발견해 낸 비밀문서에 이 모든 것이 상세히 나와 있소. 실제로는, 그가 우리를 파멸로 이끌고 있었던 거요."

"하지만 그는 부상까지 당하지 않았소?"

복서가 물었다.

"그가 전장에서 피를 흘리며 앞으로 진격해 나가는 모습을 우리 모두가 다 보았소."

그러자 스퀼러가 큰 소리로 외쳐댔다.

"그것도 일종의 시나리오를 짜놓은 것에 불과하오! 존스 씨가 쏜 총탄은 스노볼의 등을 아주 살짝 스치고 지나갔을 뿐이라오. 만일 여러분들이 글을 읽을 수만 있다면 그가 쓴 이 글을 보여 줄 수도 있소. 이 문서에 의하면, 결정적인 순간에 자신이 도망가라는 신호를 보내면 진지를 적에게 넘겨주기로 한 음모도 여기에 밝혀 놓고 있소. 그 계획은 잘못했다간 진짜로 성공할 뻔했소. 동무 여러분들, 만일 우리에게 영웅적인 지도자 나폴레옹 동무가 없었더라면, 스노볼은 틀림없이 성공했을 것이오. 존스 씨와 그 일당이 마당으로 들어왔을 때, 스노볼이 갑자기 돌아서 달아난 걸 기억하겠소? 그렇게 스노볼이 도망치자 많은 동물들이 뒤따라 도망쳤던 일, 그 일을 동무들은 기억하지 못하겠소? 게다가 모두 다 갈팡질팡하면서 당황했던 바로 그때, 나폴레옹 동무가 앞으로 달려 나온 것, 더 나아가 '인간들을 죽여 버려!' 하고 외치며 존스 씨의 허벅지를 이빨로 물어뜯었던 것을 여러분들은 기억하고 있지 않습니까? 동무들, 여러분들은 그때 그 일을 틀림없이 기억하고 있겠죠?"

스퀼러가 이리저리 뛰어다니면서 소리쳤다. 그는 마치 당시의 전투 장면을 그대로 생생히 재연하는 듯이 묘사했다. 그러자 동물들은 정말 그때 그랬던 것 같다는 생각이 들었다. 어찌 되었든 간에, 전투가 더 다급해졌을 때 스노볼이 도망치려고 돌아섰던 그 순간을 그들은 모두 기억해 내고 있었다. 하지만 복서는 여전히 마음이 개운하지 않았다.

복서는 아주 느릿느릿하지만 단호하게 자신의 말을 꺼냈다.

"나는 스노볼이 처음부터 배신자였다는 것을 믿고 싶지 않소. 물론 그가 나중에 한 행동은 처음과는 다를지 몰라도 '외양간 전투'에서만큼은 우리의 훌륭한 동지였다고 나는 생각하오.”

“우리의 지도자 나폴레옹 동무께서는 분명히 말하셨소. 스노볼은 처음부터 존스 씨의 스파이였고, 동물들이 반란을 꿈꾸기 오래 전부터 스파이 노릇을 했다고 하셨소. 동무 여러분들, 분명히 나폴레옹은 그렇게 하셨소.”

그러자 복서가 말했다.

“아, 그렇다면 이야기가 다르지. 나폴레옹 동무가 그렇게 말씀하셨다면 그건 틀림없이 옳은 거요.”

“역시 동무는 훌륭한 정신을 가진 분이오!”

스퀼러가 큰 소리로 복서를 칭찬했다. 하지만 모든 동물들은 스퀼러가 그 작고 번뜩이는 눈으로 복서를 노려보는 것을 알아차릴 수 있었다. 그는 발길을 옮겨 나가려다 다시 돌아왔다. 그러고 나서 동물들을 향해 매우 강렬하고 인상적인 말을 남겼다.

“나는 우리 농장 모든 동물들에게 눈을 크게 뜨고 감시하라고 경고의 말을 전하고 싶소. 바로 지금 이 순간에도 스노볼의 스파이들이 우리들 가운데 숨어 있다고 생각할 만한 이유가 있기 때문이오.”

이 일이 있고 나흘 후, 나폴레옹은 오후 늦게 동물들을 마당에 집합시키라는 지시를 내렸다. 동물들이 모두 모이자, 나폴레옹은 훈장 두 개를 달고 농장 주택에 나타났다. 그는 최근에 자신에게 '동물 영웅 1급 훈장'과 '동물 영웅 2급 훈장'을 수여했다. 나폴레옹 주변에는 아홉 마리의 큰 개들이 뛰어다니며 으르렁거렸다. 이 모습을 본 모든 동물들은 등골이 오싹해졌다. 동물들은 어떤 무서운 일이 일어날 것을 예감기라도 하는 듯이 모두 다 아무 말 없이 제자리에 웅크리고 앉았다.

근엄하게 서 있던 나폴레옹은 지긋이 동물들을 살펴보고 나서 꽤액 하며 고성을 질러댔다. 그 즉시 개들이 앞으로 달려 나왔다. 개들은 돼지 네 마리의 귀를 물고 나폴레옹 발아래로 끌고 왔다. 돼지들은 고통과 공포를 느끼며 크게 비명을 질렀다. 돼지들의 귀에서는 피가 흘러내렸다. 개들은 돼지들의 피 맛을 보자 잠시 미쳐 날뛰는 것처럼 보였다. 그 가운데 세 마리가 복서에게 달려드는 것을 보자, 모든 동물들은 깜짝 놀랐다. 복서는 개들이 자신에게 달려드는 것을 보고 나서, 큰 앞발굽을 들어 공중으로 뛰어오르는 개 한 마리를 낚아챘다. 그는 개들을 바닥에 깔아뭉갠 뒤 자신의 발굽으로 마구 짓이겼다. 그러자 개는 비명을 지르면서 살려 달라고 애원했다. 다른 두 마리는 다리 사이에 꼬리를 감추고 줄행랑을 쳤다. 복서는 발아래에 깔린 개를 밟아 죽일지 말지 몰라서 나폴레옹을 바라보았다. 나폴레옹은 잠시 안색이 달라졌다가 곧 그 개를 놓아 주라고 복서에게 지시를 내렸다. 복서가 발굽을 들자, 부상을 입은 개는 울음소리를 내면서 슬금슬금 도망쳤다.

큰 소란은 금세 가라앉았다. 네 마리의 돼지들은 벌벌 떨며 자신들의 얼굴에 그동안 지은 죄를 자세히 써놓은 듯한 표정을 지은 채 기다렸다. 나폴레옹은 그들에게 당장 죄를 자백하라고 다그쳤다. 그들은 나폴레옹이 일요일 모임을 폐지한다고 했을 때 항의했던 바로 그 돼지들이었다. 그들을 다그치지 않았는데도 자신의 죄를 순순히 자백했다. 스노볼이 추방된 이래 지금까지 그와 은밀히 접촉해 왔다는 것, 그리고 스노볼과 공모해 풍차를 파괴했으며, 동물농장을 프레더릭 씨에게 넘기기로 합의했다는 사실을 자백했다. 또 그들은 스노볼이 지난 몇 년 동안 존스 씨의 스파이 역할을 해 왔음을 은밀히 털어놓았다고 덧붙였다. 이렇게 돼지들이 자백하자마자, 개들이 달려들어 그들의 목을 물어뜯었다. 나폴레옹은 다른 동물에게도 자백할 게 없느냐며 무섭게 다그쳤다.

그러자 달걀과 관련하여 반란을 주도했던 암탉 세 마리가 앞으로 나왔다. 그녀들은 스노볼이 자신들의 꿈속에 나타나 나폴레옹의 명령에 절대 복종하지 말라고 했다며 진술했다. 그녀들 역시 몽땅 처형당했다. 이번에는 거위 한 마리가 앞으로 나와, 지난해 수확할 때 옥수수 이삭 여섯 개를 감춰두었다가 밤에 몰래 먹어치웠다고 자백했다. 그다음에는 양 한 마리가 나왔다. 그는 마시는 물이 있는 연못에다가 오줌을 쌌는

데, 스노볼이 그 일을 시켰다고 자백했다. 또 다른 양 두 마리
는 나폴레옹의 열렬한 추종자인 늙은 숫양이 기침으로 고생
하고 있을 당시 화톳불 주위를 빙빙 돌며 그를 쫓다가 죽여
버렸다고 자백했다. 이들도 모두 다 그 자리에서 처형당했다.
이렇게 동물농장에서는 자백과 처형이 끊이지 않고 계속 이
어졌다. 드디어, 나폴레옹 발 앞에는 처형당한 동물들의 사체
가 산더미처럼 높이 쌓였다. 또 그 부근의 공기는 피비린내로
가득했다. 존스 씨를 추방한 이후, 이처럼 피비린내를 맡아
보는 일은 처음이었다.

처형이 다 끝나자, 돼지와 개들을 제외한 나머지 동물들
은 무리를 지어 슬금슬금 마당을 빠져나갔다. 그들이 받은 충
격은 어마어마했고, 모두들 비참하다는 생각이 들었다. 그들
은 스노볼과 모의한 동물들의 배신행위가 더 큰 충격을 주었
는지, 방금 목격했던 처벌이 더 큰 충격을 주었는지 판단하기
힘들었다. 예전에도 이에 못지않은 끔찍한 살상 장면은 가끔
있어 왔다. 하지만 이번 사건은 동물들 사이에서 벌어진 것이
어서 훨씬 더 잔혹하게 여겨졌다. 존스 씨가 추방당한 후, 지
금까지 농장에서 동물들끼리 서로를 죽인 적은 한 번도 없었
다. 심지어 들쥐 한 마리도 살해당한 일이 없었다. 동물들은
절반 정도 완성되어 있는 풍차가 서 있는 작은 언덕으로 올라
갔다. 그들은 몸을 따뜻하게 하기 위한 듯, 서로 몸을 기대고

누웠다. 클로버, 뮤리얼, 벤저민, 암소들과 양들, 그리고 농장의 많은 거위와 암탉 등 모든 농장 동물들이 다 모였다. 다만, 나폴레옹이 집합 명령을 내리기 직전, 갑자기 사라진 고양이만 그 자리에 없었다. 얼마 동안 그 누구도 말이 없었다. 오직 복서만이 홀로 서 있었다. 그는 불안한 듯이 이리저리 왔다 갔다 했다. 그러면서 가끔 길고 검은 꼬리로 양 옆구리를 휘둘러댔다. 또 종종 놀라움을 금할 수 없다는 듯이 힝힝 낮은 소리를 내며 탄식했다. 그러고 나서 그가 드디어 입을 열기 시작했다.

"도저히 나는 이해하지 못하겠어. 우리 농장에서 이런 일들이 일어날 거라고는 생각조차 못했어. 우리가 뭔가 잘못했기 때문일 거야. 지금보다 더 열심히 일하는 것이 해결책이라고 생각해. 나는 지금부터 아침에 한 시간씩 더 일찍 일어날 거야."

복서는 그렇게 무거운 발걸음으로 채석장 쪽을 향해 갔다. 채석장에 도착한 복서는 계속 두 짐의 돌을 모았다. 그러고 나서 잠자리에 들기 전에 풍차 건설장으로 그것들을 모두 끌고 왔다.

동물들은 아무 말도 하지 않고 클로버 주변으로 모여들었다. 그들이 엎드려 있는 작은 언덕에서는 그 지방의 전망이 그대로 시야에 들어 왔다. 동물농장 대부분을 한눈에 내려다

볼 수 있었다. 한길로 뻗은 긴 목장, 건초 밭, 덤불, 식수용 연못, 어린 이삭이 푸르게 자라고 있는 밀밭, 굴뚝에서 연기가 피어오르는 농장 건물의 붉은색 지붕들이 보였다. 때는 날씨가 맑은 봄날 저녁이었다. 풀과 싹이 돋아나는 울타리는 저녁 햇살을 받아 황금빛으로 물들고 있었다. 지금까지 농장이 동물들에게 이때처럼 매력적으로 다가온 적은 없었다. 또 농장에 있는 모든 것이 자신들의 소유이며, 모든 땅이 자신들의 재산이라는 생각이 들자 동물들은 무척 감격스러워졌다. 클로버는 언덕 아래를 내려다보다가 눈에 눈물이 고였다. 그녀는 자기 생각을 제대로 전달할 수 없었다. 하지만 만약 그녀가 자신의 마음을 제대로 전달할 수 있었다면 이렇게 말했을 것이다.

"수년 전에 동물들이 인간을 몰아내기 위하여 일을 벌였을 때 목표했던 것은 이런 모습이 아닙니다."

메이저가 처음에 동물들에게 반란을 선동했던 그늘 밤, 동물들은 앞으로 공포와 학살의 날이 다가올 거라고는 전혀 상상하지 못했다. 클로버가 머릿속에 그려왔던 미래상은 굶주림과 매질에서 해방되어 모든 동물들이 평등하고, 모두가 자기 능력에 맞게 일하는 것이었다. 메이저의 연설이 있었던 그날 밤, 클로버 자신이 앞 다리로 오리새끼들을 감싸줄 것처럼, 강자가 약자를 보호해 주는 그런 이상적인 사회였다. 그런데 왜 이런 현실이 되었을지 그녀도 그 이유를 잘 알 수 없었다. 이제는 아무도 자기 속마음을 속 시원히 털어놓지 못하고, 으르렁거리는 무서운 개들이 이곳저곳을 돌아다니며, 동물들이 자신의 무서운 죄를 자백한 다음 갈기갈기 찢겨죽는 장면을 지켜봐야 하는 그런 무시무시한 시대가 다가온 것이다. 클로버는 반란을 꿈꾸거나 지시를 위반하려는 마음을 가진 적이 없었다. 비록 이런 상황에 처한다고 하더라도 옛날에 비하면 그래도 지금의 형편이 더 낫다는 것을 그녀는 잘 알고 있었다. 또 인간들이 다시 돌아오지 못하게 하는 일이 무엇보다 중요하다는 사실도 잘 알고 있었다. 앞으로 무슨 일이 일어나든 그녀는 이 동물농장에 충성을 다 바칠 것이다. 열심히 일하고, 자신에게 주어진 명령을 수행하며, 지도자 나폴레옹의 통치를 인정하고 받아들일 작정이었다. 하지만 클로버를 비롯하여 모든 농장 동물들이 희망을 품은 채 열심히 일했던 것은 이런 이유 때문이 아니었다. 자신들이 풍차를 세우고, 존스 씨의 총탄에 맞서 싸웠던 가장 큰 이유는 현재의 이런 상황을 위해서가 아니었다. 물론 이런 모든 것들을 제대로 표현할 수 없었지만 클로버 마음속에 품은 생각은 대략 이런 것들이었다.

결국, 그녀는 자신의 마음을 대신 표현해 줄 수 있는 것은 노래뿐이라고 생각했다. 그래서 〈영국의 동물들〉을 노래를 부르기 시작했다. 그러자 그녀 주변에 앉아 있던 동물들도 따라 부르기 시작했다. 그들은 계속해서 세 번을 따라 블렀다. 그들은 매우 아름다운 가락으로, 마치 전에 단 한 번도 불러본 적 없는 것처럼 무척이나 느리고 구성지게 불렀다.

그들의 세 번째 합창이 막 끝났을 때, 스퀼러가 가 두 마리를 데리고 그들이 있는 쪽으로 다가왔다. 마치 뭔가 중요한 말을 전해 주기라도 할 듯이 말이다. 그는 나폴레옹 동무의 특별 명령에 따라 〈영국의 동물들〉이 금지되었다고 팔표했다. 지금부터 앞으로 그 노래를 부르는 것을 절대로 허락하지 않겠다고 했다.

그러자 동물들은 깜짝 놀랐다.

"왜 그 노래를 금지하는 겁니까?"

뮤리얼이 큰 소리로 물었다.

"이젠 그 노래가 더 이상 필요하지 않소. 다들 그렇게 아시오, 동무들."

스퀼러가 딱딱한 어조로 말했다.

"그동안 〈영국의 동물들〉은 반란을 선동하는 노래로 불렸소. 하지만 반란은 이제 완성되었소. 오늘 오후에 배신자들을 처단한 게 마지막이었소. 이제 우리는 안팎의 적들을 고두 무찔렀소. 우리는 지금까지 〈영국의 동물들〉에서 앞으로 다가올 미래 세계에 대한 기대를 표현했었소. 하지만 지금은 그 사회가 이미 만들어졌소. 그렇기 때문에 이 노래는 더 이상 부를 이유가 없어졌단 말이오."

어떤 동물들은 겁을 먹고 있기는 했지만 항의를 하려고 했다. 하지만 바로 그 순간 양들이 항상 그렇게 해 왔던 것처럼, "네 다리는 좋고, 두 다리는 나쁘다!"를 몇 분 동안 외쳐댔다. 그러면서 토론은 싱겁게 끝나 버리고 말았다.

그렇게 〈영국의 동물들〉은 이제 더 이상 들을 수 없게 되었다. 그 노래 대신 시인인 미니머스가 작곡한 다른 노래가 있었다. 그 노래의 내용은 다음과 같았다.

동물농장이여, 동물농장이여,
나를 따르면 그대 결코 해를 입지 않으리!

그렇게 이 새로운 노래는 매주 일요일마다 아침 깃발 게양이 끝나면 불렸다. 하지만 동물들에게 새 노래는 어쩐 일인지 가사나 가락 모두 〈영국의 동물들〉보다 가슴에 잘 와 닿지 않은 것 같았다.

8

　며칠이 지나자, 처형 사건으로 인한 공포가 어느 정도 가
라앉았다. 일부 동물들은 '일곱 계명' 가운데 여섯 번째 계명
인 '어떤 동물도 다른 동물을 죽여서는 안 된다.'는 규정을 기
억하거나 기억한다고 생각했다. 그래서 농장 동물들은 돼지
들과 개들이 듣는 자리에서는 그 이야기를 어느 누구도 꺼내
지 않았다. 하지만 그들은 얼마 전에 행해졌던 살상 행위가
그 계명에 어긋난 것 같다고 생각했다. 클로버는 여섯 번째
계명을 읽어 달라고 벤저민에게 부탁했다. 하지만 벤저민은
항상 그랬던 것처럼 그런 일에 절대 끼어들고 싶지 않다며 거
절했다. 그래서 클로버는 할 수 없이 뮤리얼을 데리러 왔다.
벤저민 대신 뮤리얼이 여섯 번째 계명을 읽어 주었다. 여섯

번째 계명에는 "어떤 동물도 '이유 없이' 다른 동물들을 죽여서는 안 된다."라고 적혀 있었다. 동물들은 '이유 없이'라는 두 단어를 전혀 기억해 내지 못했다. 하지만 그들은 얼마 전에 벌어졌던 그 살상이 어쨌든 여섯 번째 계명을 어긴 것은 아니라는 걸 알 수 있었다. 왜냐하면 스노볼과 공모했던 반역자들을 처형할 만한 정당한 '이유'가 분명히 있었기 때문이다.

그해 내내 동물들은 지난해보다 더 열심히 일했다. 농장의 일상적인 일을 제대로 하면서도 예전에 비해 벽 두께가 두 배나 더 커진 풍차를 예정일에 맞춰 완성해야 한다는 것은 그야말로 엄청나게 고된 작업이 아닐 수 없다. 동물들은 존스 씨가 주인으로 있던 때보다 훨씬 더 많은 시간을 일했다. 하지만 급식은 전에 비해 조금도 나아지지 않았다고 여겨질 때가 많았다. 스퀼러는 일요일 아침마다 긴 종이 두루마리를 앞발로 들어가며 농장의 각종 식량 생산량이 200퍼센트, 300퍼센트, 500퍼센트씩 각각 증가했다는 사실을 관련 통계 수치를 인용하여 발표했다. 특히 동물들은 반란이 일어나기 전에 어떤 상태에 놓여 있었는지 사실상 또렷하게 기억할 수 없었다. 그렇기 때문에 스퀼러가 발표하는 것을 그대로 믿을 수밖에 없었다. 이러한 통계 수치는 그렇다 치고, 동물들은 이런 수치가 줄어들더라도 좋으니 식량이나 더 많이 배급받았으면 좋겠다고 바라곤 했다.

이제 모든 명령은 스퀼러나 다른 돼지들을 통해 건달되었다. 나폴레옹은 2주에 한 번 정도를 제외하고는 공식 석상에 절대로 나타나지 않았다. 만일 어쩌다 한 번 모습을 나타낼 때에는 반드시 개들이 그를 수행했다. 이때, 검은 수평아리 한 마리가 나팔수처럼 나폴레옹 앞에 서며 행진했다. 나폴레옹이 연설하기 전, 이 수평아리는 "꼬끼요!" 하고 큰 소리로 울어댔다. 소문에 의하면, 나폴레옹은 농장 주택 안에서도 다른 돼지들과는 다르게 개인 독실을 사용한다고 전해졌다. 그는 자기 방에서 개 두 마리가 드는 시중을 받으면서 혼자서 식사하며, 식사할 때에는 늘 응접실의 유리 찬장에 있는 크라운 더비 사기그릇을 사용한다고 전해졌다. 게다가 그동안 두 기념일에만 쏘던 축포를 나폴레옹 생일에도 추가로 발사하겠다는 발표가 나왔다.

이제 나폴레옹은 단순히 나폴레옹이라고만 불리지 않았다. 그를 부르는 공식 호칭은 '우리의 지도자 나폴레옹 동무'로 바뀌었다. 게다가 돼지들은 '모든 동물의 아버지', '인간들의 공포의 대상', '양 떼의 보호자', '새끼오리들의 친구' 같은 온갖 칭호를 만들어 그에게 갖다 붙였다. 스퀼러는 연설을 하는 중에도 나폴레옹의 지혜, 나폴레옹의 착한 마음씨, 전 세계에 살고 있는 모든 동물들, 특히 다른 농장에서 아직도 무지와 노예 상태로 살아가고 있는 불쌍한 동물들에 대한 나폴레옹의 깊은 사랑에 대해서 이야기할 때는 두 뺨 가득 눈물을 흘려대곤 했다. 한편, 일을 성공적으로 완수하거나 어떤 행운이 찾아오면 이 모든 일은 나폴레옹의 공으로 돌려지곤 했다. 암탉 한 마리가 다른 암탉에게 "우리의 지도자 나폴레옹 동무의 보호 아래, 나는 6일 동안 다섯 개나 알을 낳았네!" 하고 말하는 것을 종종 들을 수 있었다. 또 암소 두 마리가 연못에서 물을 마시면서 "나폴레옹 동무의 영도력 덕분에 얼마나 물맛이 좋은지 몰라!" 하고 외치는 소리를 종종 들을 수 있었다. 이렇게 농장의 분위기는 전체적으로 시인 미니머스가 지은「나폴레옹 동무」라는 시 속에 잘 표현되어 있었다. 그 시의 내용은 다음과 같다.

아버지 없는 자들의 친구시여!
행복의 샘이시여!
여물통의 주인이시여! 오, 내 영혼은
불 붙는도다, 그대의 침착하고 위엄에 넘치는
하늘의 태양 같은 그대의 눈을 볼 때마다
나폴레옹 동무여!

그대는 그대의 모든 동물들이
좋아하는 것을 주시는 분.

하루 두 번 배불리 먹이시고
깨끗한 짚단 위에서 뒹굴게 하시어
크고 작은 모든 동물들이
우리 안에서 편히 잠드네.
그대 우리 모두를 돌보아 주시니
나폴레옹 동무여!

만일 내게 젖먹이 돼지가 있다면
그놈이 반 되들이 병이나 국수방망이만큼 자라기도 전에
그대에게 충성과 순종을 다하게 가르치리라.
그렇다네, 그가 맨 처음 외치는 말은
'나폴레옹 동무'가 되리라.

나폴레옹은 이 시가 마음에 드는지 일곱 계명이 적혀 있는 헛간 큰 벽, 반대편 벽에 써놓게 지시했다. 스퀼러는 그 시 위에 흰색 페인트로 나폴레옹의 옆얼굴 초상화를 그려놓았다.

그러는 사이, 나폴레옹은 중개인인 휨퍼 씨를 통해 프레더릭 씨와 필킹턴 씨를 상대로 하는 복잡한 협상을 벌이고 있었다. 쌓아놓은 목재는 여전히 팔리지 않고 있었다. 두 사람 가운데 프레더릭 씨가 그 목재를 사고 싶어 했지만, 프레더릭 씨는 그것을 적당한 값을 주고 사려고 하지 않았다. 그 무렵,

프레더릭 씨와 그의 일꾼들이 동물농장을 공격해서 풍차를 무너뜨릴 음모를 꾸미고 있다는 소문이 돌았다. 그가 풍차 건설을 크게 질투하고 있었기 때문이었다. 게다가 스노볼이 여전히 핀치필드 농장에 숨어 살고 있는 것으로 알려져 있었다. 그해 한여름, 농장 동물들은 세 마리 암탉이 자백한 말을 듣고 깜짝 놀랐다. 그녀들은 스노볼의 선동으로 나폴레옹 암살 음모에 가담했었다고 털어놓은 것이었다. 그녀들은 즉시 처형되었다. 그 뒤 나폴레옹의 신변 보호를 위하여 새로운 경호 조치가 취해졌다. 밤이면 네 마리의 개가 나폴레옹이 잠자는 침대의 네 모서리를 하나씩 맡아 지켰다. 또 핑크아이라고 하는 젊은 돼지는 나폴레옹이 식사하기 전에 음식물 안에 독이 들어 있지 않을까 하여 모든 음식을 미리 맛보는 임무를 맡았다.

이와 동시에 나폴레옹이 목재 더미를 필킹턴 씨에게 팔려고 한다는 소문이 나돌았다. 또 동물농장과 폭스우드 농장 사이에서 생산물을 교환하기 위한 정식 계약이 이루어진다는 소문이 나돌았다. 비록 휨퍼 씨가 중재를 해서 이루어지긴 했지만 나폴레옹과 필킹턴 씨는 매우 우호적인 관계를 맺고 있었다. 동물들은 인간인 필킹턴 씨를 크게 믿지는 않았다. 하지만 그들이 두려워하고 더 나아가 증오하기까지 하는 프레더릭 씨보다는 훨씬 낫다고 여겼다. 이렇게 여름이 다 지나가고 풍차가 완공할 때쯤, 조만간에 인간들이 공격을 할 날이 머지않았다는 소문이 퍼져 나가고 있었다. 그 소문에 따르면, 프레더릭 씨가 무기로 무장한 스무 명의 장정을 몰고 올 계획이며, 치안판사들과 경찰을 이미 돈으로 매수했다는 것이다. 만일 그가 동물농장의 부동산 권리 증서를 손에 넣는다면 치안판사들과 경찰들도 이것을 문제 삼지 않을 거라는 것이다. 게다가 프레더릭 씨가 자기 농장 동물들에게 잔혹 행위를 일삼고 있다는 소문도 핀치필드 농장에서 심심치 않게 흘러나오고 있었다. 프레더릭 씨는 늙은 말을 채찍으로 쳐서 죽였고, 암소들을 굶겨 죽이기도 했다고 한다. 또 개를 아궁이에 던져 죽였으며, 저녁만 되면 수탉의 발톱에 날카로운 견도칼 조각을 묶어서 닭싸움을 시켜 즐긴다는 것이었다. 농장 안의 동물들은 자기 동료들에게 그런 일들이 자행되고 있다는 이야기를 전해들을 때면 분노로 피가 끓어올랐다. 그래서 종종 함께 뭉쳐 핀치필드 농장으로 쳐들어가 인간들을 몰아내고 동물들을 해방시키게 해달라며 아우성쳤다. 하지만 스퀄러는 동물들의 무모한 행동을 자제시키고, 나폴레옹 동무의 빼어난 전략을 믿고 따르라며 동물들에게 충고의 말을 견했다.

그럼에도 불구하고 프레더릭 씨에 대한 동물들의 반감은 계속 높아졌다. 어느 일요일 아침, 나폴레옹은 헛간에 나타나 프레더릭 씨에게 목재를 팔려고 생각한 적이 없다고 해명

했다. 그런 악당과의 거래는 자신의 품격을 떨어뜨리는 일이라고 말했다. 비둘기들은 동물농장의 반란 소식을 다른 농장 동물들에게 전파하기 위하여 외부에 파견되어 있었다. 이러한 중차대한 사명을 띠고 있던 비둘기들은 폭스우드 농장에는 단 한 발짝도 들여놓지 말며, 근처에도 얼씬거리지 말라는 지시를 받았다. 게다가 비둘기들은 '인간에게 죽음을!'이라는 예전의 구호 대신에 '프레더릭에게 죽음을!'이라는 새 구호로 바꾸어 외치라는 명령도 전달받았다. 그렇게 여름이 지나갈 무렵, 스노볼의 또 다른 음모가 밝혀졌다. 밀밭에 잡초가 잔뜩 자라고 있었다. 이것은 스노볼이 언젠가 농장으로 몰래 잠입해 밀 종자에 잡초 씨를 섞어놓았기 때문인 것으로 드러났다. 이러한 음모와 관련을 맺은 수컷 거위 한 마리는 스퀼러에게 자신이 저지른 범행을 자백하고 나서, 벨라도나라는 독성 열매를 먹고 자살했다. 동물들은 이제 스노볼이 '동물 영웅 1급 훈장'을 받은 적이 없다는 사실도 알게 되었다. 지금까지 많은 동물들은 스노볼이 훈장을 받은 것으로 믿었다. 하지만 이것은 '외양간 전투'가 끝난 뒤, 스노볼이 스스로 퍼뜨린 헛소문에 지나지 않다는 것이었다. 훈장을 받기는커녕 전투 중에 비겁한 행동을 보여 비난을 받기도 했다고 했다. 일부 동물들은 이 이야기를 듣고 다시 한 번 혼란스러워했다. 하지만 스퀼러는 동물들의 기억이 잘못되었다면서 그들을 안심시키고 설득했다.

가을이 되자, 동물들의 피땀 어린 노력 끝에 드디어 풍차가 완성되었다. 가을철 수확과 풍차의 막바지 공사 일정이 겹쳐진 탓에 동물들은 거의 탈진 상태에 이르렀다. 기계는 설치도 되지 않았고, 휨퍼 씨가 기계 구매 협상을 벌이고 있는 중이었다. 하지만 풍차 구조물 자체는 완성되었다. 동물들은 작업 무경험, 원시적인 장비, 악재와 불운, 스노볼의 반란 사건을 겪으면서 온갖 어려움을 인내해야 했다. 그럼에도 불구하고 풍차 건설 작업은 예정했던 날짜에 정확히 맞춰 완공하는 데 성공했다. 동물들은 이미 녹초가 될 정도로 지쳐 있었지만 자신들이 이루어 낸 성과에 대해 매우 자랑스러워했다. 그들은 자신들이 쌓아올린 걸작 주변을 빙빙 돌며 걸어 다녔다. 그들 눈에는 처음에 세웠던 것보다 훨씬 더 아름다위 보였다. 벽은 지난번에 만들었던 것에 비해 두 배나 더 두꺼웠다. 폭약을 사용하여 폭파시키지 않는 한 무너뜨릴 수 없으리라! 이 풍차를 세우느라 얼마나 고생했으며 얼마나 많이 좌절하고 그것을 어떻게 극복해 냈던가! 풍차 날개가 돌고 발전기가 가동되어 전력이 생산되면 생활에 어떤 엄청난 변화가 일어날 것인가! 이런 생각들을 떠올리자, 동물들은 피로가 단번에 사라지는 것만 같았다. 동물들은 환호성을 지르면서 풍차 주변을 경중경중 뛰어다녔다. 나폴레옹도 개들과 수평아리 나팔수를 데리고 완성된 풍차를 시찰하러 나왔다. 나폴레옹은 친히 동물들의 노고를 치하하고 나서, 풍차를 '나폴레옹 풍차'라 명명한다고 발표했다.

이틀 뒤, 동물들은 헛간에서 열리는 특별 회의에 소집되었다. 여기서 나폴레옹은 목재 더미를 프레더릭 씨에게 팔았다고 발표했다. 동물들은 너무 놀라서 아무 말도 하지 못했다. 다음 날 프레더릭 씨의 마차가 와서 목재를 실어간다고 했다. 그동안 나폴레옹은 필킹턴 씨와 우호관계를 맺고 있는 척해놓고, 실제로는 프레더릭 씨와 은밀히 계약을 진행해 왔던 것이었다.

폭스우드 농장과의 모든 관계가 끊어졌고, 필킹턴 씨에게서 모욕적인 메시지가 날아왔다. 비둘기들은 핀치필드 농장에 절대 가지 말라는 지시를 받았다. 또 '프레더릭에게 죽음을!'이라는 구호를 '필킹턴에게 죽음을!'이란 구호로 바꾸라는 명령도 받았다. 이와 동시에 나폴레옹은 프레더릭 씨가 곧 동물농장을 공격할지 모른다는 소문은 날조된 것이며, 프레더릭 씨가 자기네 농장의 동물들을 학대하고 있다는 소문도 너무 과장된 것이라고 단언했다. 그 모든 소문들은 스노볼과 그의 스파이들이 꾸며낸 말이라고 했다. 결국, 스노볼은 핀치필드 농장에 숨어 있지 않으며, 실제로 그곳에서 머무른 적도 없었다는 이야기로 바뀌었다. 다시 말해, 스노볼은 필킹턴 씨의 폭스우드 농장에서 호화롭게 살고 있으며, 실제로 지난 몇 년 동안 필킹턴 씨로부터 지원금을 받으면서 생활해 왔다고 했다.

돼지들은 나폴레옹의 교묘한 계략에 넘어가 넋을 잃고 환호했다. 나폴레옹은 필킹턴 씨와 사이좋게 지내는 것처럼 보임으로써 프레더릭 씨가 목재 가격을 12파운드나 더 지불하게 만들었다. 스퀼러에 따르면, 프레더릭 씨를 포함해 그 누구도 믿지 않았다는 데서 알 수 있듯이 나폴레옹이 얼마나 냉정하게 사태 파악을 하며 균형감 있는 사고방식을 지닌 인물인지 알게 했다. 스퀼러는 프레더릭 씨가 목재 값을 수표로 지불하기를 제의했다고 말했다. 그런데 그 수표라는 것은 지불 약속을 적어 놓은 종이쪽지에 지나지 않았다. 하지만 나폴레옹은 프레더릭 씨보다 훨씬 더 똑똑했다. 그는 목재 값을 5파운드짜리 지폐로 지불할 것을 요구했고, 목재를 넘겨주기 전에 지폐를 먼저 달라고 했다. 결국 프레더릭 씨는 대금 지불을 끝냈고, 그가 지불한 금액은 풍차 설치에 필요한 기계를 구입하는 데 충분했다.

목재는 아주 빠르게 실려 나갔다. 목재가 모두 운반되자, 프레더릭 씨가 대금을 지불한 지폐를 검사하려고 헛간에서 특별 회의가 열렸다. 훈장 두 개를 단 나폴레옹은 얼글에 흐뭇한 미소를 지은 채 연단 위 짚단 침대에 편안히 누워 있었다. 그 옆에는 부엌에서 가져온 도자기 접시 위에 돈이 보기 좋게 놓여 있었다. 동물들은 줄을 지어 돈 접시 앞을 천천히 지나가면서 돈을 마음껏 구경했다. 복서도 코를 내밀어 킁킁거리며 돈 냄새를 맡아 보았다. 복서의 콧김 때문에, 얇고 흰 지폐들이 팔락거리고 바스락거렸다.

그로부터 3일이 지난 뒤, 큰 소동이 벌어졌다. 얼굴이 하얗게 질린 휨퍼 씨가 자전거를 타고 달려 왔다. 그는 자전거를 마당에 내팽개치고 나서 농장 주택 안으로 득달같이 달려 들어갔다. 곧 나폴레옹의 방에서 숨이 콱 막힐 듯한 성난 고함소리가 들려 왔다. 이 소식은 순식간에 산불처럼 온 농장으로 퍼져 나갔다. 그 돈이 모두 다 가짜가 아닌가! 프레더릭 씨가 목재 구입 대금으로 지불한 돈이 전부 다 가짜였다. 그는 완전히 공짜로 목재를 가져갔던 것이다.

그 즉시 나폴레옹은 동물들을 불러 모았다. 그러고 나서 무시무시한 목소리로 프레더릭 씨에게 사형선고를 내렸다. 만일 프레더릭 씨를 생포하면 그 몸뚱어리를 산 채로 끓는 물에 집어넣을 거라고 말했다. 또 그와 동시에 이런 배신행위를 한 뒤에는 최악의 순간이 다가올 것이라고 동물들에게 경고했다. 프레더릭 씨와 그 일당들은 오랫동안 준비했던 공격을 당장 감행할지도 모른다는 것이었다. 나폴레옹은 농장으로 들어오는 모든 길목에 보초를 세웠다. 그뿐만 아니라 네 마리의 비둘기들은 필킹턴 씨의 폭스우드 농장으로 파견되었다. 비둘기가 전달한 메시지는 필킹턴 씨와의 우호적인 관계를 다시 회복하고 싶다는 내용이었다.

　바로 다음 날 아침, 공격이 시작되었다. 동물들이 아침 식사를 하고 있는 중에 파수꾼들이 달려왔다. 그들은 프레더릭 씨와 그의 추종자들이 이미 다섯 개의 빗장이 걸려 있는 정문을 통과했다고 알렸다. 동물들은 용감히 뛰어나가 적에 맞서 싸웠다. 하지만 이번에는 지난날 '외양간 전투' 때 얻었던 승리를 쉽사리 거둘 수는 없었다. 프레더릭 씨 일당은 고두 15명이었고, 그 가운데 여섯 명이 총을 갖고 있었기 때문이다. 동물들이 약 50미터 앞까지 접근하자마자 그들은 총을 쏘기 시작했다. 동물들은 엄청난 폭발음과 몸으로 파고드는 산탄을 당해낼 도리가 없었다. 나폴레옹과 복서는 동물들이 흩어지지 않도록 필사적으로 힘을 모으느라 애썼다. 그런 노력에도 불구하고 동물들은 침략자들에게 밀려서 후퇴하고 말았다. 많은 동물들이 이미 부상을 당했다. 동물들은 농장 건물로 도망쳐 벽 틈새나 옹이구멍으로 조심스럽게 바깥을 내다보았다. 풍차를 포함해서 넓은 목초지 전체가 적들에게 넘어갔다. 나폴레옹조차도 어찌할 바를 모르고 있었다. 그는 아무 말도 없이 꼬리를 빳빳하게 세워 올려 흔들면서 이리저리 서성거렸다. 동물들은 마치 뭔가 도움을 필요로 하는 눈길로 폭스우드 농장 쪽을 바라보았다. 만약 필킹턴 씨와 그의 일꾼들이 도와주기만 한다면 아직 승산이 있을지 몰랐기 때문이다. 하지만 바로 그때, 전날 농장 밖으로 파견됐던 네 마리의 비둘기가 되돌아왔다. 그 가운데 한 마리는 필킹턴 씨가 보낸 종이쪽지를 물고 있었다. 그 쪽지에는 연필로 이렇게 적혀 있었다. '꼴좋다, 당해도 싸다!'

한편, 프레더릭 씨와 그 일당들은 풍차 근처에 서 있었다. 동물들은 그 일당들을 지켜보았다. 그러고 나서 작게 탄식하는 소리를 냈다. 프레더릭 씨의 일꾼 두 사람이 까마귀 발처럼 생긴 지렛대와 커다란 망치를 꺼내 들었다. 풍차를 때려부숴 버릴 작정이었다.

나폴레옹이 큰 소리로 외쳤다.

"불가능할 거다! 벽을 두껍게 만들었으니 어림도 없다! 일주일이 걸려도 무너뜨리지 못할 거야! 동무들! 용기를 내요, 용기!"

하지만 벤저민은 그들이 하는 행동을 자세히 관찰하고 있었다. 쇠망치와 쇠지렛대를 든 두 남자는 풍차 아래쪽 근처에 구멍을 뚫고 있었다. 재미있다는 듯이 표정을 짓던 벤저민은 천천히 자신의 긴 콧등을 끄덕거렸다.

그러고 나서 말했다.

"그럴 줄 알았지. 저놈들이 뭘 하는지 모르겠소? 얼마 뒤에

저놈들은 저 구멍에 폭약을 채워 넣을 거요.”

동물들은 겁에 잔뜩 질린 채 기다렸다. 이제 건물 안에서 밖으로 뛰어나간다는 것은 불가능했다. 몇 분이 지나고 난 뒤, 인간들이 재빨리 사방으로 흩어져 뛰어나가는 게 보였다. 그러자 귀청이 떨어져 나갈 듯한 엄청난 폭발음이 들렸다. 비둘기들은 하늘 높이 날아올랐고, 나폴레옹을 빼고 모든 동물들은 바닥에 배를 바닥에 깔고 엎드리면서 얼굴을 파묻었다. 그들이 다시 일어났을 때, 풍차가 있었던 자리에는 어가어마하게 크고 검은 연기구름이 피어올랐다. 바람이 불어 그 연기가 서서히 사라지자, 풍차는 흔적도 없이 사라지고 말았다.

이 광경을 보고, 동물들은 용기를 되찾았다. 인간들의 악랄하고 비열한 행동들을 보자, 조금 전에 동물들이 느꼈던 공포와 절망은 순식간에 분노로 바뀌어 버렸다. 그들은 복수하자며 함성을 질렀고, 더 이상 명령도 기다리지 않은 채 모두 하나가 되어 적을 향해 돌진했다. 동물들은 우박처럼 쏟아지는 무시무시한 총알을 조금도 두려워하지 않았다. 말 그대로 잔혹하고 치열한 전투가 벌어졌다. 인간들은 연신 총을 쏘아 댔고, 동물들이 코앞까지 접근하자 몽둥이를 휘두르고, 장화 발로 사정없이 동물들을 걷어찼다. 그 와중에 암소 현 마리, 양 세 마리, 거위 두 마리가 죽었고, 거의 모든 동물들이 크고 작은 부상을 당했다. 후방에서 전투를 총지휘하던 나폴레옹까지도 총탄에 맞아 꼬리 끝이 잘려 나갔다. 하지만 인간들도 안전하지는 않았다. 세 명의 인간들은 복서의 발굽에 차여서 머리통이 터졌다. 또 다른 한 명은 암소 뿔에 배를 받혔다. 나머지 한 명은 제시와 블루벨의 이빨에 바지가 거의 다 발기발기 찢어져 버렸다. 나폴레옹의 호위병인 아홉 마리의 개는 나폴레옹의 지시를 받고 울타리 뒤로 몰래 돌아가다가 인간들 옆쪽으로 갑자기 나타나 사납게 짖어댔다. 그러자 인간들은 완전히 공포에 사로잡혔다. 잘못 했다가는 동물들에게 완전히 포위당할 위험에 빠지게 된다는 사실을 알아차렸다. 프레더릭 씨는 일꾼들에게 죽기 살기로 후퇴하라며 명령했다. 그러자 잔뜩 겁을 집어 먹은 인간들은 자신의 목숨을 건지기 위해 도망쳤다. 동물들은 들판 끝까지 인간들을 뒤쫓았다. 또 그들은 인간들이 가시나무 울타리 사이를 헤치면서 도망칠 때까지, 몇 번이고 그들을 향해 발길질을 해댔다.

결국, 동물들이 승리했다. 하지만 그들은 기진맥진했고, 피까지 줄줄 흘렸다. 그들은 다리를 절룩거리면서 천천히 농장으로 돌아가기 시작했다. 풀밭 위에 죽어 있는 동물들을 보고 몇몇 동물들은 눈물을 흘렸다. 또 그들은 풍차가 서 있던 자리에 아무 말 없이 걸음을 멈추어 서서 깊은 슬픔에 빠져 있었다. 그렇다. 풍차는 사라졌다. 그렇게도 갖은 노력을 다 했는데도 그 마지막 흔적마저 사라져 버린 것이다. 심지어 바닥의 기초도 일부 파괴되었다. 또 풍차를 다시 세우더라도 지난번처럼 무너진 돌을 다시 사용할 수는 없었다. 이번에는 돌까지 모두 사라져 버렸기 때문이다. 폭발력으로 인해 돌이 수백 미터나 날아가 버렸다. 풍차는 마치 처음부터 그 자리에 없었던 것처럼 보였다.

동물들이 농장에 도착하자, 전투하는 내내 모습을 보이지 않던 스퀼러가 있었다. 그들을 맞이하기 위해 스퀼러는 꼬리를 흔들며 만족한 듯, 얼굴에 웃음을 띤 채 뛰어나왔다. 그러고 나서 얼마 뒤, 동물들은 농장 건물 쪽에서 묵직하게 터져 나오는 총소리를 들었다.

"저 총소리는 왜 나는 겁니까?"

복서가 물었다.

"우리의 승리를 축하하기 위한 것입니다."

스퀼러가 대답했다.

"어떤 승리를 말하는 건가요?"

복서가 다시 물었다. 그는 무릎에서 피가 흐르고 있었다. 게다가 편자 하나를 잃었고, 발굽이 쪼개졌다. 또 뒷다리에는 작은 총알이 12개나 박혀 있었다.

"동무, 무슨 승리냐고요? 우리는 우리의 신성한 땅에서 적들을 쫓아내지 않았습니까?"

"하지만 그들은 우리의 풍차를 파괴했소. 우리가 2년 동안이나 갖은 고생을 다 하면서 세운 그 풍차 말이오!"

"무슨 상관이오? 우리는 새로운 풍차를 다시 세우면 되지 않소. 우리는 마음만 먹으면 풍차를 여섯 개나 더 세울 수 있단 말이오. 동무는 우리가 이루어 낸 이 값지고 위대한 승리를 인정하지 않고 있소. 지금 우리가 서 있는 바로 이 농장을 적들이 점령했었소. 하지만 우리는 위대한 나폴레옹 동무의 지도력으로 인해 조금도 빼앗기지 않고 이 땅을 모두 되찾았단 말이오."

"그렇다면 이것은 우리가 전에 가졌던 것을 되찾은 것에 불과하단 말이오."

복서가 말했다.

"그게 바로 우리가 얻어낸 승리인 거요."

스퀼러가 말했다.

동물들은 다리를 절룩거리며 마당으로 들어섰다. 복서는 다리 살 속에 박힌 총알 때문에 무척 고통스러워했다. 그는 풍차를 다시 건설하기 위해 힘든 노동이 뒤따르고 있다는 사실을 잘 알았다. 그는 그런 힘든 과정을 이미 머릿속으로 구상해 보았다. 하지만 그의 나이가 이미 열한 살이고, 탄탄했던 근육도 이젠 예전 같지 않으리라는 생각이 들었다.

동물들은 초록색 깃발이 펄럭거리는 모습을 보았고, 일곱 발의 축포가 발사되는 소리를 들었다. 그들의 용감한 전투를 치하하는 나폴레옹의 연설을 듣는 순간, 자신들이 위대한 승리를 얻어 낸 것 같은 생각이 들었다. 전투 중에 죽은 동물들을 위해 엄숙한 장례식이 치러졌다. 복서와 클로버는 영구차로 꾸며진 짐마차를 끌었다. 나폴레옹은 몸소 장례 행렬 앞에 서서 걸어갔다. 이틀에 걸쳐 승리를 축하하는 행사가 벌어졌다. 동물들은 노래를 부르고 연설을 하고 수많은 축포를 쏘아 올리기도 했다. 모든 동물들에게는 특별 선물로 사과 한 개씩이 주어졌다. 새들에게는 옥수수 2온스씩을, 개들에게는 비스킷 세 개씩 선물로 주어졌다. 이번 전쟁은 '풍차 전투'로 부르겠다고 했다. 나폴레옹은 새 훈장인 '초록색 깃발 훈장'을 만들었다. 이 훈장은 나폴레옹 스스로에게 수여한다고 발표되었다. 모든 농장 동물들은 전투에서 승리한 기쁨에 취했다. 이렇게 승리에 도취되어 있는 동안, 위조지폐 사건은 완전히 잊히고 있었다.

며칠 뒤, 돼지들은 농장 주택 지하실에서 우연히 위스키 한 상자를 발견했다. 농장 주택을 처음 점거했을 때, 미처 눈에 띄지 않았던 것이다. 그날 밤, 농장 주택에서는 돼지들이 시끄럽게 노래 부르는 소리가 흘러나왔다. 놀랍게도 그 노래 속에는 〈영국의 동물들〉의 가락이 섞여 있었다. 아홉 시 반쯤, 예전에 존스 씨가 썼던 낡은 중산모를 쓴 나폴레옹이 발견되었다. 나폴레옹이 쓴 중산모는 예복을 입을 때 남자가 쓰는 꼭대기가 둥글고 높은 서양 모자를 말한다. 동물들은 나폴레옹이 농장 주택 뒷문에서 나와 안마당을 몇 번씩이나 뛰어 달리다가 안으로 사라지는 모습을 똑똑히 목격했다. 하지만 다음 날 아침, 농장 주택은 쥐 죽은 듯이 고요했다. 돼지 한 마리의 기척도 보이지 않았다. 아홉 시가 되어서야, 스퀼러가 나타났다. 그는 느릿느릿 힘없이 걸어 다녔다. 두 눈은 풀려서 흐리멍덩했고, 꼬리는 축 처져서 무슨 중병에 걸린 것 같았다. 스퀼러는 동물들을 모두 소집한 뒤 매우 놀라운 소식을 발표하겠다고 했다. 나폴레옹 동무가 죽어 가고 있다는 말이었다.

동물들 사이에서 비탄에 잠긴 울음소리가 흘러 나왔다. 동물들은 농장 주택 문 밖에 짚을 깔고 발끝으로 조용히 걸어 다녔다. 그들은 눈물을 흘리면서 지도자가 세상을 떠나면 자신들은 어떻게 되느냐고 서로에게 물어 보았다. 나폴레옹이 먹는 음식에다 독약을 타서 나폴레옹을 죽이려 하던 스노볼의 음모가 드디어 성공했다는 소문도 퍼졌다. 스퀼러가 열한 시에 다시 나타나 또 다른 발표를 했다. 나폴레옹 동무가 생전에 마지막으로 내린 조치는 술을 마신 동물은 사형에 처한다는 엄한 포고령이라고 했다.

하지만 저녁이 되자, 나폴레옹은 조금씩 증상이 호전된 것처럼 보였다. 그다음날 아침, 스퀼러는 나폴레옹이 빠른 속도로 회복 중이라고 발표했다. 그날 저녁쯤 되자, 나폴레옹은 다시 집무를 시작했다. 이튿날, 그는 휨퍼 씨에게 윌링던에서 양조법과 증류법에 관한 서적들을 사오라는 지시를 내렸다는 사실이 밝혀졌다. 그러고 나서 일주일 후, 나폴레옹은 과수원 건너편에 있는 작은 목초지를 일구라고 지시했다. 그 목초지는 나이가 들어 은퇴할 늙은 동물들을 위한 땅으로 미리 남겨두던 곳이었다. 그 목초지는 풀이 모두 없어졌기 때문에 새로 씨앗을 뿌려야 한다고 했다. 얼마 지나지 않아, 나폴레옹이 그곳에 보리를 심을 계획을 세우고 있다는 말이 전해졌다.

이 무렵, 아무도 이해할 수 없는 이상한 사건이 발생했다. 어느 날 밤 자정 무렵, 안마당에서 '쿵' 하는 요란한 소리가 들려왔다. 그러자 동물들은 우리에서 즉시 뛰쳐나갔다. 달빛이 밝게 비치는 밤이었다. '일곱 계명'이 적혀 있던 큰 헛간 끝 벽 아래에 사다리가 두 동강이 난 채 쓰러져 있었다. 잠시 정신을 잃은 스퀼러가 사다리 옆에 뻗어 있었다. 그의 곁에는 등불, 페인트 붓, 흰색 페인트 통이 나뒹굴고 있었다. 그 장면을 본 개들은 곧바로 스퀼러를 에워쌌다. 그러고 나서 그가 걸을 수 있게 되자, 그를 즉시 부축해서 농장 주택으로 데려갔다. 벤저민만 빼고 모든 동물들은 도대체 무슨 일이 벌어졌는지 알 수가 없었다. 벤저민은 마음속에 짚이는 게 있는 듯 콧등을 끄덕거렸다. 그는 무슨 일인지 잘 알겠다는 표정이었지만, 아무 말도 하고 싶어 하지 않았다.

며칠이 지난 후, 뮤리얼이 혼자서 '일곱 계명'을 읽어 보았다. 뮤리얼은 동물들이 잘못 기억하고 있는 계명이 하나 더 있다는 사실을 발견했다. 그들은 다섯 번째 계명이 '어떤 동물도 술을 마셔서는 안 된다.'는 것으로 알고 있었다. 그런데 다시 보니, 그들이 잊고 지냈던 두 단어가 더 들어 있었다. 실제로 벽에는 다섯 번째 계명이 이렇게 쓰여 있었다.

"어떤 동물도 '너무 많이' 술을 마셔서는 안 된다."

9

　복서의 찢어진 발굽이 낫는 데는 시간이 오래 걸렸다. 동물들은 전쟁 승리 축하 행사가 끝난 바로 다음 날부터 다시 풍차를 짓기 시작했다. 복서는 단 하루도 쉬지 않으려 애썼다. 그는 자신이 고통스러워하는 모습을 다른 동물들에게 보이는 것을 불명예스럽다고 여겼다. 저녁이 되면, 그는 발굽이 무척 아프다는 말을 클로버에게만 몰래 털어놓았다. 클로버는 약초를 씹어 만든 약을 복서의 발굽에 대어 가며 치료해 주었다. 클로버와 벤저민은 복서에게 너무 무리해서 일하지 말라고 신신당부했다. 클로버는 복서에게 "말의 허파라고 해서 영원히 견뎌 낼 수 있는 건 아니야."라고 말했다. 하지만 복서는 그 말을 귀담아 듣지 않았다. 그는 자신에게 남은 희망은 단 한 가지뿐이라고 말했다. 자신이 은퇴하기 전에 풍차가 돌아가는 모습을 보는 것 말이다.

처음으로 동물농장 법이 만들어졌을 때, 동물들의 은퇴 나이를 말, 돼지는 12세, 암소는 14세, 개는 9세, 양은 7세, 암탉, 거위는 각각 5세로 정해 놓았다. 그때는 노령 연금도 매우 넉넉하게 책정되어 있었다. 하지만 실제로 은퇴 후에 연금을 받고 살아가는 동물들은 아직 아무도 없었다. 하지만 최근 들어 이 노령 연금 문제가 자주 논의되기 시작했다. 과수원 건너편의 작은 밭은 보리를 가는 용도로 할당해 놓았다. 그렇기 때문에 넓은 목초지 구석에 울타리를 쳐놓아, 은퇴한 동물들을 위해 사용될지 모른다는 소문이 널리 퍼져 있었다. 한편, 소문에 의하면, 은퇴한 말에게는 하루에 옥수수 5파운드씩 주고, 겨울에는 건초 15파운드를, 공휴일에는 당근 한 개나 사과 한 개씩을 더 지급해 주기로 했다는 이야기도 있었다.

그동안 농장에서의 생활은 힘들었다. 이번 겨울은 지난해만큼 추웠고, 식량 사정은 그 어떤 때보다도 부족했다. 돼지들, 개들을 제외한 다른 동물들에게 배급되는 식량은 더욱더 줄어들었다. 스퀼러는 식량 배급량을 지나치게 평등하게 정하는 것은 동물주의의 원칙에 위배되는 일이라고 말했다. 어찌 되었든 간에 그는 겉으로 보이는 농장의 식량 사정은 어떨지 모르지만 실제로는 식량이 부족하지 않다는 것을 다른 동물들에게 손쉽게 증명해 보였다. 물론 당분간은 배급량을 재조정할 필요가 있다고 했다. 그는 '감축'이란 용어를 절대 쓰지 않았고, 늘 '재조정'이라는 용어를 자주 썼다. 스퀄러는 예전에 존스 씨가 주인이던 시절에 비하면 배급 상황기 매우 나아진 것이라고 주장했다. 그는 날카롭고 빠른 목소리로 통계 수치를 읽어 가며, 현재 존스 씨가 주인이던 때보다 더 많은 귀리와 건초, 무 따위를 생산하고 있다고 역설했다. 또한 동물들의 노동 시간이 줄어들었고, 마시는 물의 질이 더 좋아졌으며, 동물들의 수명이 늘어난 것은 물론이고, 새끼들이 살아남는 비율도 훨씬 더 높아졌다고 주장했다. 게다가 동물들이 살아가는 우리에 더욱더 많은 양의 짚이 제공되어, 벼룩에게 물려 고생하는 일이 더 줄어들었다며 나름대로 근거를 들어가면서 자신의 주장을 밝히려 애썼다. 대부분의 동물들은 그 말을 그대로 믿었다. 존스 씨라든지 존스 씨의 이름이 뜻하는 것들은 이미 동물들의 기억 저편으로 대부분 사라지고만 상태였다. 그들은 현재 직면해 있는 생활이 힘들고 고단하다는 것, 자주 굶주리고 추위에 떨고 있다는 것, 잠자는 시간을 빼면 하루 종일 노동에 혹사당하고 있다는 것 따위를 잘 알고 있었다. 하지만 동물들은 예전에 존스 씨가 주인이던 시절의 처지가 현재보다 훨씬 더 좋지 않았을 게 분명하다고 굳게 믿고 있었다. 그들은 그렇게 믿고 싶어 했다. 게다가 스퀄러가 자주 하는 말처럼 존스 씨가 주인이던 때에는 모든 동물들이 노예로 살고 있었지만, 지금은 모든 동물들이 자유를 누리고 있으니 이것이야말로 엄청나게 큰 차이가 아닌가 하는 것이다.

이제는 전에 비해 먹여 살려야 할 가족들이 더 많이 늘어났다. 가을에 네 마리의 암퇘지가 거의 동시에 새끼를 낳았다. 이제 그 수가 모두 서른한 마리가 되었다. 새끼 돼지들은 모두 잡종이었다. 또 이 농장에서 유일하게 거세하지 않은 수퇘지는 나폴레옹이었기 때문에 새끼 돼지들의 아비가 누구일지는 짐작하고도 남았다. 얼마 후, 벽돌과 목재를 사들였고, 농장 주택 정원에 교실을 짓겠다는 발표가 나왔다. 얼마간은 나폴레옹이 직접 농가 주택 부엌에서 새끼 돼지들을 교육했다. 새끼 돼지들은 정원에서만 운동했고, 다른 동물의 새끼들과는 어울리지 못하게 지시를 받았다. 또 이 무렵 새로운 법이 만들어졌다. 다른 동물이 우연히 길에서 돼지를 만나면 다른 동물이 길을 비켜서 옆으로 가야만 했다. 게다가 모든 돼지는 신분이 어찌 되었든 간에 일요일마다 초록색 리본을 꼬리에 달 수 있는 특권이 주어진다는 법이 만들어졌다.

그해, 동물농장은 성공적인 한 해를 보냈지만 돈은 여전히 부족했다. 교실을 지을 벽돌, 모래, 석회 따위를 사들여야 했고, 풍차 건설에 필요한 기계를 사기 위해 돈을 모아야만 했

다. 또 농장 주택에서 사용할 등잔 기름과 양초, 나폴레옹의
식탁에 놓일 설탕(나폴레옹은 다른 돼지들에게는 살이 찐다는 이
유로 설탕을 금지시켰다.)과 못, 끈, 석탄, 철사, 고철, 개덕이 용
비스킷과 같은 일상적인 물품들도 필요했다. 그렇기 때문에
건초 한 더미와 수확한 감자 일부가 팔렸고, 달걀 판대 계약
도 일주일당 600개로 늘어났다. 그래서 그해 암탉들은 평상
시와 같은 수 정도의 병아리만 부화할 수 있었다. 12월에 줄
어들었던 식량 배급은 2월이 되자 더 줄어들었다. 게다가 우
리 안에 켜는 등불도 기름을 절약해야 한다는 이유로 사용이
중단되었다. 하지만 돼지들만큼은 매우 편안한 생활을 유지
하는 것만 같았다. 돼지들은 살이 찌고 있었다. 2월 하순 어느
날 오후, 동물들은 여태까지 한 번도 맡아 본 적 없는 구수하
고 감칠맛 나며 식욕을 돋우는 냄새를 맡을 수 있었다. 이 냄
새는 작은 양조장에서 흘러나와 마당을 가로질러 온 농장으
로 쫙 퍼졌다. 그 작은 양조장은 존스 씨가 주인이던 때에도
사용하지 않았는데, 그것은 부엌 너머에 있었다. 어느 누군가
가 이것을 보리 삶는 냄새라고 했다. 동물들은 그 냄새에 완
전히 홀려 있었는데, 그것이 혹시 저녁 식사용으로 나올 따뜻
한 여물이 아닐지 내심 기대하고 있었다. 하지만 저녁 식사에
는 그 따뜻한 여물이 나오지 않았다. 또 다음 주 일요일이 되
자, 돼지들에게만 보리가 지급된다는 발표가 나왔다. 과수원

뒤쪽 밭에는 벌써 보리씨가 뿌려졌다. 그리고 곧 모든 돼지들이 날마다 맥주 한 파인트씩을 배급받았다. 나폴레옹에게는 특별히 반 갤런이 할당되어 있었다. 동물들 사이에서는 그가 항상 만찬용 크라운 더비 수프 그릇으로 맥주를 마신다는 소문이 어디에선가 흘러 나왔다.

동물들은 갖은 고통을 참아내야 했다. 현재 농장의 생활은 과거에 비해 더 품위 있어진 게 사실이었다. 그렇기 때문에 동물들은 어느 정도의 고통을 감수해야 했다. 그 무렵, 농장에서는 노래와 연설, 그리고 행진이 전에 비해 훨씬 더 늘어났다. 나폴레옹은 일주일에 한 번씩 '자발적 시위행진'이라는 것을 열도록 지시했다. 이것은 동물농장의 전투와 승리를 축하하기 위한 것이라고 했다. 동물들은 정해진 시간에 작업장에서 나와 농장 안을 줄을 지어 가며 빙빙 돌면서 행진했다. 그것은 마치 군대식 행진과 같은 방식이었다. 맨 앞에는 돼지들이 앞장을 섰고, 그다음에는 말, 암소, 양, 그리고 그다음에는 암탉, 오리 같은 가금류들이 뒤를 이어 따랐다. 개들은 대열의 양 측면을 지켰고, 나폴레옹의 나팔수인 검은 수평아리가 맨 앞에 서서 행진했다. 복서와 클로버는 늘 초록색 깃발을 좌우 양쪽으로 같이 들면서 행진했다. 그 초록색 깃발 안에는 발굽과 뿔이 그려져 있고, '나폴레옹 동무 만세'라고 적힌 문구가 들어 있었다. 행진이 모두 끝나면, 나폴레옹을 찬

양하는 시가 낭송되었다. 그다음, 스퀼러가 최근에 식량이 늘어났다는 사실을 자세히 설명하는 연설이 이어졌고, 증종 축포를 발사하기도 했다. 양들은 '자발적 시위'에 가장 헌신적이었다. 어떤 동물들은 이 행사가 시간 낭비에 불과하며 단지 동물들이 추위에 떨며 한참동안 서 있는 것밖에 아무것도 이득이 없지 않느냐고 불평을 늘어놓곤 했다. 특히, 돼지들과 개들이 없을 때에만 이런 불평을 하는 동물들이 있었다. 그러면 양들은 어김없이 "네 다리는 좋고, 두 다리는 나쁘다." 하는 소리를 크게 질러가면서 연호했다. 양들은 그렇게 함으로써 더 이상 다른 동물들이 불평을 늘어놓지 못하게 만들었다. 하지만 대부분의 동물들은 이런 축하 행사들을 즐기긴 했다. 동물들은 이러한 축하 행사들을 통해서 자신들이 농장의 진정한 주인이며 자신들이 하고 있는 모든 일들이 자신들의 이익을 위한 것이란 사실을 다시 한 번 마음속에 확인할 수 있는 기회였기 때문이었다. 이는 동물들에게 엄청나게 큰 위안이 되곤 했다. 그래서 노래와 행진을 하는 일이나 스퀼러가 수치 목록을 발표하는 일, 우레 같은 축하 포 소리, 수탉이 질러대는 꼬꼬댁 소리, 펄럭거리는 깃발 따위를 통하여 동물들은 잠시나마 자신의 배고픔을 잊을 수 있었다.

4월이 되자, 동물농장은 공화국으로 선포되었다. 이에 따라 대통령을 뽑아야 했다. 나폴레옹만이 유일한 후보였고, 그는 만장일치로 대통령에 선출되었다. 바로 그날, 스노볼이 존스 씨와 공모하고 있다는 사실을 조금 더 자세하게 밝혀 주는 새로운 문건들이 발견되었다. 그 문건들에 의하면, 스노볼은 동물들이 지금까지 생각했던 것처럼 '외양간 전투'에서 자신의 계략을 사용하여 동물들이 패배하도록 유도한 것만이 아니라 존스 씨 편에 대놓고 붙어서 싸웠다는 것이다. 다시 말해, 스노볼이 그날 농장 안으로 쳐들어온 인간들의 숨겨진 지도자였다는 것이다. "인간 만세!" 하며 외치고 전투에 뛰어든 이도 바로 스노볼이었다는 것이다. 일부 동물들이 여전히 기억하고 있던 스노볼의 등 부상도 실제로는 나폴레옹의 이빨에 물어 뜯겨 생긴 상처였다고 했다.

한여름에 접어들자, 몇 년 동안이나 행방이 묘연했던 집까마귀 모지즈가 갑자기 농장에 나타났다. 그는 모습이 조금도 변하지 않았다. 또 그는 여전히 아무 일도 하지 않으면서 예전과 똑같은 말투로 '슈가캔디 마운틴'에 관한 이야기만 주절거렸다. 그는 나무 그루터기에 앉아 검은 날개를 퍼덕거렸다. 그러고 나서 자기 말을 들어주는 동물이라면 누구라도 붙잡고 몇 시간이라도 계속해서 이야기를 늘어놓곤 했다.

"동무들, 저기 위에는……."

그는 큰 부리로 하늘을 가리키며 엄숙하게 말하곤 했다.

"동무 여러분들이 보고 있는 저 검은 구름 너머에는 슈가캔디 마운틴이라는 행복한 나라가 있어. 거기는 우리네 불쌍한 동물들이 노동에서 해방되어 아주 편안하게 쉴 수 있는 지상낙원이라고!"

모지즈는 언젠가 한 번 하늘 높이 날아다니다가 그 나라에 들어갔었다고 했다. 그는 그 나라에는 1년 내내 토끼풀과 아마인 깻묵이 자라고, 각설탕이 자라는 울타리를 자기 눈으로 똑똑히 목격했다고 주장했다. 수많은 동물들이 그의 말을 곧이곧대로 믿었다. 동물들은 현재 자신들의 생활이 배고프고 고달프다는 사실을 알았다. 어디라도 자기가 살고 있는 곳보다 더 나은 세상이 있다는 것은 정말 꿈같은 일 아니겠는가? 돼지들이 모지즈를 어떤 눈으로 바라보고 있는지는 모를 일이었다. 다만, 돼지들은 슈가캔디 마운틴에 대한 모지즈의 말이 모두 다 거짓말이라고 경멸하는 투로 이야기했다. 하지만 그런 말을 하면서도 모지즈가 농장 안에서 지낼 수 있도록 허락했을 뿐 아니라, 아무 일을 하지 않고 팽팽 놀고만 있는데도 날마다 맥주 한 잔씩을 공짜로 내어 주었다.

복서는 발굽이 낫자 예전보다 더 열심히 일했다. 그해 내내 모든 동물들은 그야말로 노예처럼 일했다. 평상시의 농장 일과 풍차 건설 작업 말고도 3월부터 시작된 어린 돼지들을 위한 교실 건축 공사가 있었다. 식량이 한참 모자라는데도 그것을 먹어 가면서 오랫동안 일해야만 하는 것은 정말 견디기 힘들었다. 하지만 복서만은 절대 주춤거리는 법이 없었다. 복서의 말이나 행동을 보면, 복서가 옛날보다 체력이 떨어진다는 기미는 어디에도 찾아볼 수 없었다. 겉으로 보이는 외모만 빼면, 복서는 예전과 조금도 달라지지 않았다. 물론 그의 피부는 예전만큼 윤기가 흐르지는 않았고, 큰 엉덩이에도 살이 줄어든 것처럼 보였다. 동물들은 "복서는 봄에 새싹이 돋아나면 다시 좋아질 거야." 하고 말하곤 했다. 하지만 봄이 돌아왔음에도 불구하고, 복서의 몸에는 살이 붙지 않았다. 채석장 꼭대기로 오르는 비탈길에서 복서가 큰 돌덩어리를 자신의 몸으로 지탱하며 혼신의 힘을 다하고 있을 때에도 오로지 이 일을 해야 한다는 정신력 하나만으로 간신히 견뎌내고 있는 것처럼 보였다. 그럴 때 그의 입술을 보면 이런 말을 하는 것처럼 보였다.

"좀 더 열심히 일하면 되는 거야."

하지만 실제로 복서는 아무 말도 하지 않았다. 클로버와 벤저민은 다시 한 번 그에게 제발 건강을 돌보라고 말했다. 하지만 복서는 그 말들을 그대로 흘려보냈다. 드디어 그의 열두 번째 생일이 다가오고 있었다. 복서는 은퇴 전에 돌멩이를 충분히 쌓아올리기만 하면 됐지, 자신에게 무슨 일이 생기든 상관없다고 생각해 왔다.

그 여름 어느 날 저녁 늦은 시간이었다. 복서에게 무슨 일이 일어난 것 같다는 소문이 농장 전체에 퍼졌다. 그는 혼자서 돌멩이 한 짐을 끌고 풍차 건설 장소로 나섰다. 그런데 그 소문은 사실이었다. 몇 분 뒤, 비둘기 두 마리가 황급히 날아와 소식을 전했다.

"복서가 쓰러졌어요! 옆으로 쓰러진 채 일어나질 못해요!"

농장 동물들 거의 절반쯤이 풍차가 서 있는 언덕으로 달려갔다. 복서는 마차 굴대 사이에 목을 쭉 뻗고는 머리즈차 쳐들지 못한 채 쓰러져 있었다. 두 눈의 눈빛이 흐릿했고, 옆구리는 땀으로 흥건해져 있었다. 또 입에서 피가 계속 새어나왔다. 클로버는 복서 옆에 무릎을 꿇고 앉았다.

"복서, 어떻게 된 일이에요?"

클로버가 소리쳤다.

"폐를 다친 것 같아."

복서가 힘없이 대답했다.

"걱정하지 마. 내가 없더라도 여러분들은 풍차를 반드시 완성할 수 있을 거야. 그동안 쌓아놓은 돌덩어리들이 꽤 많거든. 한 달 후면 난 은퇴라고. 여러분들께 솔직히 말하는데 나는 은퇴하기만을 오랫동안 기다려 왔어. 벤저민도 늙어 가고 있으니, 어쩌면 나와 함께 은퇴해서 내 친구가 되어 줄지도 모를 일이지."

"빨리 도움을 받아야겠어요."

클로버가 말했다.

"누가 스퀼러에게 빨리 가서 이 일을 보고해 줘요!"

다른 동물들은 스퀼러에게 이 소식을 전달하기 위해 농장 주택으로 달려갔다. 클로버와 벤저민만이 복서 곁을 지키고 있었다. 벤저민은 복서 옆에서 아무 말 없이 긴 꼬리로 달려드는 파리들을 쫓고 있었다. 15분쯤 지나, 스퀼러가 동정과 걱정이 가득한 얼굴 표정을 지으며 나타났다. 그는 나폴레옹 동무가 농장에서 가장 충직한 일꾼들 가운데 하나인 복서에게 불행이 닥친 것을 전해 듣고 매우 비통해했다고 말했다. 그는 나폴레옹이 윌링던의 한 병원으로 복서를 보내서 치료를 받도록 하려고 이미 만반의 조치를 취하고 있는 중이라고 했다. 이 말을 듣자, 동물들은 약간 불안해졌다. 그동안 몰리와 스노볼을 빼고 그 어떤 동물도 농장을 떠나 다른 곳으로 맡겨진 적이 없었다. 또 병든 동무를 인간들의 손에 맡긴다는 것이 상상조차 할 수 없는 일이라고 여겨졌다. 하지만 스퀼러는 복서를 농장에서 치료하는 것보다 윌링던의 수의사에게 맡겨 치료하도록 하는 것이 더 나을 거라고 동물들을 단번에 설득시켰다. 30분쯤 지나, 복서는 조금 기운을 되찾았다. 그리고 간신히 일어난 뒤, 다리를 절룩거리며 마구간으로 되돌아갔다. 클로버와 벤저민은 복서를 위해 짚으로 만들어진 푹신한 잠자리를 마련해 주었다.

그 일이 있고 난 뒤 이틀 동안, 복서는 자기 마구간에서 쉬었다. 돼지들은 목욕탕 약상자 속에서 발견한 큰 분홍색 약병을 복서에게 보냈다. 클로버는 그 약을 하루 두 번 식사 후에 복서에게 먹였다. 밤이 되면, 클로버는 복서 곁에서 함께 이야기를 나누곤 했고, 벤저민은 복서에게 달려드는 파리를 자신의 긴 꼬리로 연신 쫓아 주곤 했다. 복서는 자신에게 벌어진 일을 조금도 슬프게 생각하지 않는다고 했다. 만일 회복이 잘 되기만 한다면 앞으로 3년은 더 살 수 있을 것으로 기대한다고 말했다. 한편, 앞으로 큰 목장 한 구석에 있는 은퇴 공간에서 여생을 편안하게 지낼 날만을 고대하고 있다고 말했다. 그렇게만 된다면 난생처음 공부도 하고, 정신수양을 할 수도 있을지도 모른다고 말했다. 또 그는 알파벳의 나머지 스물두 글자를 완전히 깨치는 데 자신의 여생을 타칠 작정이라고 했다.

하지만 벤저민과 클로버는 작업 시간이 끝난 뒤에야 복서 곁에 있을 수 있었다. 한낮이 되어서야 복서를 싣고 갈 마차가 도착했다. 모든 동물들은 돼지 한 마리의 감독 아래 무 밭의 잡초를 뽑고 있었다. 그때 벤저민이 목청이 터져라 큰 소리를 지르며 농장 주택 쪽에서 달려오고 있는 모습을 보고, 동물들은 깜짝 놀랐다. 그들은 벤저민이 그토록 흥분한 모습을 본 적이 없기 때문이었다. 벤저민이 그렇게 빨리 달려가는 모습을 처음 보았다.

"빨리, 빨리!"

벤저민이 큰 소리를 질렀다.

"빨리 와! 복서를 끌고 가고 있어!"

동물들은 돼지의 명령을 기다리지 않고 모두 일을 멈춘 뒤 농장 주택 쪽으로 달려 왔다. 아니나 다를까, 안마당에는 말 두 마리가 끄는 큰 마차가 서 있었다. 마차 옆면에는 글자가 쓰여 있었다. 또 마부가 앉는 자리에는 꼭대기가 낮은 중산모를 쓴 교활해 보이는 인상의 한 남자가 앉아 있었다. 복서의 마구간은 텅 비어 있었다.

동물들은 마차 주변으로 모여들었다.

"잘 가세요, 복서!"

동물들은 동시에 소리쳤다.

"잘 가세요!"

"바보들, 이 바보들아!"

벤저민이 동물들 주변에서 길길이 날뛰었고, 자신의 작은 발굽으로 땅을 둥둥 구르면서 소리쳤다.

"바보들아, 마차 옆에 뭐라고 적혀 있는지 보이지도 않니?"

그 말을 들은 동물들은 하던 일을 멈추고 침묵했다. 그러자 뮤리얼은 글자를 한 자씩 떠듬떠듬 읽기 시작했다. 하지만 벤저민은 그녀를 옆으로 밀쳐냈고, 쥐 죽은 듯 조용한 가운데 그 글자들을 읽기 시작했다.

"'앨프리드 시몬즈, 말 도축업과 아교 제조업, 윌링던 소재, 가죽과 골분도 판매함. 개집 공급!' 저게 무슨 뜻인지 모르겠어? 저들이 복서를 말 도축업자에게 끌고 가는 거라고!"

모든 동물들의 입에서 공포의 외마디 소리가 터져 나왔다. 그 순간 마부가 앉는 자리에 있던 남자가 말에게 채찍질을 했다. 그러자 마차가 전속력으로 안마당을 빠져나갔다. 모든 동물들이 목청이 터져라 소리치며 복서를 실은 마차 뒤를 따라갔다. 클로버가 다른 동물들을 헤치고 나와 맨 앞으로 나섰다. 마차는 속도를 내기 시작했다. 클로버는 건장한 다리를 움직여 속도를 내려고 했다. 하지만 질주하는 마차를 따라 잡을 수는 없었다. 클로버는 "복서!" 하고 큰 소리로 외쳤다.

"복서! 복서! 복서! 가면 안돼요."

그러자 그 순간, 마치 밖에서 클로버가 부르는 소리를 들은 것처럼, 복서가 마차 뒤에 있는 작은 창문 밖으로 얼굴을 내밀어 보였다. 콧등 아래 흰 줄무늬가 있는 그 얼굴이었다.

"복서!"

클로버가 엄청나게 큰 목소리로 외쳤다.

"복서, 거기서 당장 빠져나와! 빨리 빠져나오라고! 이놈들이 당신을 죽이려고 하고 있다고요!"

다른 모든 동물들도 마찬가지로 큰 소리로 외쳤다.

"내려요, 복서! 빨리 탈출해요!"

하지만 마차는 이미 전속력을 내면서 멀어져 가고 있었다. 복서는 클로버의 말을 들었는지 못 들었는지는 확실하지는 않았다. 하지만 얼마 지나지 않아, 그의 얼굴이 창문에서 사라지고 말았다. 마차 안에서는 복서의 발굽이 마차를 부수는 소리가 들려 왔다. 아마도 복서가 마차를 박차고 나오려고 하는 것 같았다. 예전에 복서가 자신의 발굽으로 마차를 걸어차면 마차쯤은 성냥개비처럼 박살나고도 남을 만한 시절도 있었다. 하지만 안타깝게도 그에게는 남은 힘이 얼마 없었다. 얼마 안 가서 마차 안의 발길질 소리도 점점 약해졌다. 그러고는 결국 그런 발길질 소리는 완전히 사라져 버리고 말았다. 동물들은 절망에 빠진 채 마차를 끌고 가는 말 두 마리에게 당장 멈춰 달라고 애원했다. 동물들이 외쳤다.

"동무들, 동무들! 당신들의 형제를 죽게 내버려 두어서는 안돼요!"

하지만 멍청한 두 마리의 말은 너무 무식해서 어떤 상황이 벌어지고 있는지 도무지 깨닫지 못하고 있었다. 다만 귀를 쫑긋 뒤로 젖히고 나서 전속력을 다 해 달렸다. 복서의 얼굴은 창문에 다시 나타나지 않았다. 어떤 동물은 마차를 앞질러 달려가 빗장 다섯 개가 달린 정문을 닫을 생각도 했다. 하지만 때는 이미 너무 늦어 버렸다. 마차는 정문을 빠져나가 큰길로 재빠르게 사라지고 말았다. 그 뒤로 복서는 더 이상 보이지 않았다.

그로부터 사흘 뒤, 복서는 윌링던의 한 병원에서 달이 받을 수 있는 모든 치료를 다 받았다고 전해졌다. 그럼예도 불구하고 복서는 숨을 거두었다는 발표가 나왔다. 스퀄터가 그 소식을 동물들에게 전하려고 나타났다. 그는 복서가 임종하는 순간을 지켜보고 있었다고 했다.

"내가 지금까지 살면서 그렇게 감동적인 장면은 처음 보았소!"

스퀄러가 자신의 앞발을 들어 눈물을 닦으면서 말했다.

"그가 숨을 거두는 그 순간, 나는 그의 곁을 지키고 있었소. 복서는 마지막 순간에 너무 힘이 떨어져 거의 말을 하지 못했습니다. 그는 간신히 내 귀에 대고 들릴락 말락 하는 작은 목소리로 자신에게 남겨진 유일한 슬픔은 풍차가 완공되기 전에 세상을 뜨는 거라고 했습니다. 그러고 나서 '전진하시오, 동무들!' 하고 나지막하게 말했소. '반란의 이름으로 전진합시다. 동물농장 만세! 나폴레옹 동무 만세! 그는 언제나 옳다!' 그 말이 복서의 마지막 말이었소, 동무들."

이 말을 하면서 스퀄러의 태도가 돌변했다. 그는 잠시 말을 멈추고 나서 뭔가 수상쩍다는 듯한 눈초리로 여기저기를 살펴보다가 계속 말을 이어 나갔다.

스퀄러는 복서가 병원으로 옮겨질 때 온갖 추악한 소문이 떠돌았다는 것을 전해 들었다고 했다. 일부 동물들이 복서가 실린 마차에 '말 도살업자'라는 글귀가 적혀 있는 것을 보고, 복서가 말 도축업자에게 넘겨졌으리라고 미리 넘겨짚은 자들이 있었다고 했다. 스퀄러는 그렇게도 멍청한 동물이 있다는 게 믿어지지 않는다고까지 말했다. 그는 화가 나서 꼬리를 흔들어 대고, 이리저리 뛰어 다니기도 했다. 그러고 나서 친애하는 지도자 나폴레옹 동무를 그 정도로밖에 생각하지 않느냐며 소리를 지르곤 했다. 하지만 스퀄러의 설명은 의외로 매우 간단했다. 그날 복서가 타고 간 마차는 원래 말 도축업자의 소유였다고 했다. 나중에 수의사가 그것을 사들이고 나서, 미처 예전에 적혀 있던 광고 문구를 지우지 못했다는 것이다. 그래서 그런 흉측한 오해가 생긴 거라고 설명했다.

동물들은 스퀄러의 말을 듣고 자못 안심했다. 또 스퀄러는 복서가 임종했을 당시의 모습을 마치 눈앞에 그 광경을 보여 주듯이 아주 생생하게 묘사했다. 복서가 매우 따뜻한 보살핌을 받았으며, 나폴레옹 동무가 비용에 대해서는 전혀 신경 쓰지 말고 비싼 약을 마음껏 쓰도록 지원했다는 말도 덧붙였다. 그 말을 듣자마자, 모든 동물들은 마지막까지 품었던 작은 의심마저 완전히 거두게 되었다. 복서가 행복하게 임종을 맞이

했다고 생각하자, 동물들은 조금이나마 슬픔을 진정시킬 수 있었다.

그 다음 일요일 아침, 모임에 직접 나타난 나폴레옹은 복서를 칭송하는 짧은 연설을 준비했다. 나폴레옹은 복서의 유해를 농장에 매장하기 위해 옮겨오는 일은 불가능했다고 운을 떼었다. 하지만 농장 주택 마당에 있는 월계수로 큰 화환을 만들어 복서의 무덤가에 갖다놓으라고 지시했다그 말했다. 게다가 나폴레옹은 돼지들이 며칠 안으로 복서를 기리는 추도회를 열 계획을 갖고 있다는 말도 덧붙였다. 나폴레옹은 복서가 입버릇처럼 이야기했던 생활 철칙 두 가지, 즉 '남보다 더 열심히 일한다!'와 '나폴레옹 동무는 언제나 옳다!'를 동물들에게 상기하면서 자신의 연설을 끝냈다. 그는 이 두 가지 철칙을 모든 동물들이 앞으로 자신의 것으로 만들면 좋으리라고 역설했다.

추도회가 열리기로 되어 있던 날, 윌링던의 한 식품점에서 온 마차 한 대가 농장에 도착했다. 마차 안에는 농장 주택으로 배달된 큰 나무 상자가 하나 있었다. 그날 밤, 농장 주택에서는 요란한 노래 소리가 들리다가, 밤이 더 깊어지자 격하게 싸우는 소리가 들려왔다. 결국, 밤 11시쯤 유리 깨지는 소리가 크게 들리다가 순식간에 잠잠해졌다. 그러고 나서 다음 날 정오까지 농장 주택에는 그 누구의 인기척도 없었다. 그리고 돼지들이 어디에선가 돈을 구해서 자기들이 마실 위스키 한 상자를 더 사들였다는 소문이 퍼졌다.

10

그렇게 몇 년이 흘렀다. 계절이 여러 번 바뀌었고, 동물들의 짧은 생애는 빠르게 지나갔다. 클로버와 벤저민, 집까마귀 모지즈, 그리고 돼지들 몇 마리를 제외하고는 예전에 반란이 있었던 이전 시절을 기억하는 동물은 아무도 없었다.

그동안 뮤리얼이 죽었고, 블루벨과 제시, 핀처도 죽었다. 존스 씨도 세상을 떠났다. 그는 이 지방 다른 곳에 있는 알코올 중독자 수용시설에서 숨을 거두었다. 스노볼은 기억에서 완전히 잊혀졌다. 복서에 대한 기억도 몇몇 동물을 제외하면 완전히 사라졌다. 클로버는 이제 늙어서 관절이 뻣뻣해지고, 눈곱이 자주 끼는 늙고 뚱뚱한 말이 되어 있었다. 그녀는 이미 은퇴 나이가 2년이나 지났는데도 여전히 현역으로 일했다. 동물농장에서 실제 은퇴하는 동물은 사실상 아무도 없었다. 은퇴한 동물을 목장 한곳에 따로 떼어 놓아 요양 시설에서 살게 해주겠다는 말이 사라진 지는 아주 오래되었다. 나폴레옹은 이제 몸무게 152킬로그램이나 나가는 매우 성숙한 수퇘지가 되어 있었다. 스퀼러는 살이 너무 쪄서 눈을 뜨기도 힘들 정도였다. 단지 벤저민만이 예전의 모습과 비슷해 보였다. 그는 콧등 주변의 털이 더욱 희어졌고, 복서가 죽은 후 전보다 침울해지고 말수가 더 줄어든 것을 빼놓고는 예전과 달라진 게 거의 없었다.

처음에 기대했던 것만큼은 아니었지만, 동물농장에는 새 식구들이 제법 많이 늘어나 있었다. 새로 태어난 동물들에게 반란이란 그저 입에서 입으로 전해지는 아주 희미한 전설에 불과했다. 또 다른 곳에서 팔려온 동물들은 동물농장에 도착하기 전까지 반란이란 말을 들어본 적도 없었다. 농장에는 클로버 외에 말 세 마리가 더 있었다. 그들은 몸매가 멋지고 건장했으며, 일하기 좋아하는 동무들이었지만 머리는 무척이나 어리석었다. 나중에 알고 보니, 세 마리 말들 가운데 어느 누구도 알파벳 A, B 이상을 외우지 못했다. 그들은 예전의 반란 이야기나 동물주의의 원리에 대한 이야기라면 그 무엇이든 그대로 믿었다. 특히 자신들이 부모처럼 존경하는 클로버가 들려주는 말이라면 무조건 믿었다. 하지만 그들이 그 이야기를 얼마나 제대로 이해하고 있는지는 의심스러웠다.

농장은 예전에 비해 더 부유해졌고, 잘 조직화되어 있었다. 필킹턴 씨에게서 밭을 두 군데 사들였기 때문에 능장 규모도 더 커졌다. 드디어 풍차도 성공적으로 완공되었고, 탈곡기와 건초 운반기도 갖게 되었다. 게다가 다양한 새 건물도 여러 채 지어졌다. 휨퍼 씨도 이륜마차 한 대를 사서 타고 다녔다. 풍차는 발전용으로는 사용되지 못했다. 하지만 옥수수를 빻는 데 사용되었고, 그로 인해 상당한 이윤이 발생했다. 동물들은 새로운 풍차를 건설하느라 열심히 일했다. 그 풍차가 완성되면 발전기가 설치될 것이라고 했다. 하지만 예전에 스노볼이 동물들에게 이야기해 주던 전등불, 냉온수 시설이 갖추어진 축사, 주 3일 노동 같은 아주 사치스러운 말들은 이제 더는 꺼내지 않았다. 나폴레옹은 그런 사고방식이 동물주의 정신에 어긋난다고 비난했다. 그는 동물들의 진정한 행복은 열심히 일하고, 검소하게 생활하는 데 있다고 말했다.

돼지들과 개들을 빼면, 다른 동물들은 전보다 조금도 풍족해지지 않았다. 하지만 전체적으로 보면, 농장은 예전에 비해 더 부유해진 것 같다. 아마 농장에 돼지들과 개들의 수가 많이 늘어난 게 가장 큰 이유일 듯했다. 물론 그들이라그 일을 하지 않는 것은 아니었다. 스퀼러가 여러 번 역설하듯이, 농장을 감독하고 조직하는 일은 아무리 열심히 해도 끝이 없다고 열을 올려 말했다. 스퀼러에 따르면, 이런 일들은 다른 동물들이 너무 무식해서 도저히 이해할 수 없는 종류의 작업이라는 것이다. 예를 들면, '문서', '보고서', '회의록', '비망록'이라 불리는 알 수 없는 것들을 처리하느라 엄청난 노동력을 기울여야 한다는 뜻이다. 이런 것들은 글자로 빽빽이 적어 넣어야 할 큰 종이다발로, 글자를 채우고 나면 그 종이들을 난롯불에 태워 버린다고 했다. 스퀼러는 이러한 일이 동물농장의 복지를 위해 매우 중요하다고 말했다. 하지만 돼지들이나 개들은 스스로 자기가 먹을 식량을 생산해 내는 일이 없었다. 또 돼지들과 개들의 수는 너무 많았고, 그들의 식욕은 항상 왕성했다.

그들이 아는 한, 다른 동물들의 생활은 과거에 비해 크게 달라진 게 없었다. 그들 대부분은 늘 굶주렸고, 지푸라기 위에서 잠을 잤고, 연못물에서 물을 마셨고, 들판에 나가서 힘든 일을 해야만 했다. 또 겨울에는 추위에 고생했고, 여름에는 파리 떼에 시달려야만 했다. 간혹 나이든 동물들은 어렴풋이 기억을 더듬어 존스 씨가 내쫓긴 지 얼마 안 되었던 반란 초기가 지금보다 더 살기 좋았었는지 아니면 더 못했었는지 가늠해 보려고 애썼다. 하지만 그들은 도무지 아무것도 기억해 낼 수 없었다. 현재 그들의 생활과 비교할 수 있는 대상이 아무것도 남아 있지 않았기 때문이다. 그들이 판단할 수 있는 유일한 자료는 스퀼러의 통계 수치뿐이었다. 스퀼러의 통계 수치에 따르면, 과거에 비해 현재는 더 나아지고 있을 뿐이었다. 동물들은 그 문제를 도저히 해결할 수 없음을 알았다. 어쨌든 이제 동물들이 그런 문제를 차분하게 따지고 생각할 여유는 사실상 없었다. 다만, 벤저민만이 자신이 살아온 삶을 자세히 기억해 내고 있다고 했다. 지금의 상황이 예전보다 더 나아지거나 더 나빠지지도 않았으며, 앞으로도 더 나아지거나 더 나빠질 일도 없으리라는 것을 알고 있다고 했다. 굶주림과 고통과 좌절은 삶의 변하지 않는 법칙이라는 것이었다.

그럼에도 불구하고 동물들은 결코 희망을 버리지 않았다. 오히려 그들은 자신들이 동물농장의 일원이라는 것에 대해서 자부심과 특권 의식을 단 한 번도 잃지 않았다. 여전히 이 지역 전체에서, 아니 영국 전체에서 동물들이 소유하고 있으며 운영하고 있는 농장은 동물농장이 유일했다. 그들 모두가, 아니 아주 어린 새끼뿐 아니라 10마일이나 20마일 더 떨어진 농장에서 데리고 온 새로 온 동물들까지 포함한 모든 동물들은 자신들의 농장이 동물들이 자체적으로 운영하는 농장이라는 사실에 경탄을 금하지 못했다. 축포 소리를 듣고, 초록색 깃발이 게양대 위에서 펄럭거리는 것을 볼 때면, 그들은 무한한 긍지와 자부심이 넘쳐흘렀다. 그러고 나면 늘 그랬듯이 이야기는 존스 씨를 쫓아내고, 일곱 계명을 만들며, 인간 침략자들을 무찔렀던 옛날의 영웅적인 시절로 돌아가곤 했다. 동물들은 옛날에 품었던 꿈을 하나도 포기하지 않았다. 동물들은 메이저가 예언한 대로 동물 공화국, 즉 영국의 푸른 들판에서 인간을 몰아내고 찾게 되는 진정한 의미의 동물 공화국의 이상향을 굳게 믿고 있었다. 언젠가 반드시 그러한 이상적인 동물 공화국의 날이 다가올 것이다. 하지만 지금 당장은 찾아오지 않을지도 모른다. 어쩌면 지금 동물들이 살아 있는 동안에는 오지 못할지도 모른다. 하지만 그날은 언젠가는 반드시 오고 말 것이었다. 동물들은 〈영국의 동물들〉이 가락을 여기저기서 몰래 흥얼거리고 있을지도 몰랐다. 어찌 되었든 간에, 그 누구도 감히 크게 노래 부르지는 않았지만 농장에 있는 동물들이 그 노래를 모두 잘 알고 있다는 것은 틀림없었다. 그들은 고통스런 삶을 연속해서 살았고, 그들의 모든 희망들은 아직 성취되지 못했다. 하지만 그들은 다른 농장의 동물들과는 다르다는 사실을 인식하고 있었다. 비록 굶주리더라도 포악한 인간들을 먹여 살리려 하지 않았다. 만일 그들이 고되게 일했다면, 그것은 최소한 자신들의 삶을 위해 한 일이었다. 그들 중 어떤 동물도 두 발로 걷지는 않았다. 또 그 어떤 동물도 다른 동물을 '주인님'이라고 부르지 않았다. 모든 동물들은 평등했다.

어느 여름 날, 스퀼러는 양들에게 자신을 따라오라고 명령했다. 그는 농장 건너편에 있는 개간되지 않은 땅으로 그들을 데리고 갔다. 그곳에서는 어린 자작나무가 무성하게 자라고 있었다. 양들은 스퀼러의 감독 아래 하루 종일 아주 연한 나뭇잎만을 뜯어 먹으며 지냈다. 저녁이 되자, 스퀼러는 혼자 농장 주택으로 돌아왔다. 스퀼러는 날씨도 따뜻하고 하니 모두 그곳에 남아 있으라고 양들에게 지시를 내렸다. 결국, 양들은 그곳에서 일주일 동안 머물렀다. 다른 동물들은 그동안 농장에서 한 마리의 양도 볼 수 없었다. 스퀼러는 날마다 대부분의 시간을 양들과 함께 지냈다. 스퀼러의 말에 따르면, 양들에게 새로운 노래를 가르치고 있다고 했는데, 이에 관해 철통같은 보안을 유지할 필요가 있다고 했다.

양들이 농장으로 돌아온 직후인 어느 상쾌한 저녁이었다. 동물들이 일을 끝내고 농장 건물로 돌아오고 있었다. 그때 농장 마당 안쪽에서 겁에 질려 우는 말의 비명소리가 들렸다. 모든 동물들이 깜짝 놀라 그 자리에서 발걸음을 멈추었다. 분명 클로버가 지른 비명소리였다. 또 그녀가 울부짖자 동물들은 모두 마당으로 달려 나갔다. 바로 그 순간, 동물들은 모두 클로버가 보았던 그 광경을 목격했다.

그것은 바로 돼지 한 마리가 뒷다리로 서서 걷는 광경이었다.

그랬다. 그 돼지는 바로 스퀼러였다. 그는 큰 몸집을 그 자세로 지탱하는 게 아직 익숙하지 않아 보였다. 그는 약간 어색해 보였지만 가까스로 균형을 유지하면서 마당을 가로질러 왔다 갔다 했다. 잠시 뒤, 돼지들이 한 줄로 길게 늘어서 농장 주택 문에서 걸어 나왔다. 모두 다 스퀼러처럼 뒷다리로 서서 걸었다. 어떤 돼지는 다른 돼지들보다 더 잘 걸었고, 한두 마리는 자세가 조금 어정쩡해 보였다. 지팡이를 짚었으면 하는 눈치였지만 모두들 마당으로 나가 걸어 다니는 데는 성공했다. 또 개들이 사납게 짖어대는 소리가 나고, 수탉의 날카로운 울음소리가 들렸다. 드디어 나폴레옹이 나타났다. 나폴레옹은 똑바로 서서 거만한 눈빛을 여기저기에 던지면서 나타났다. 경호하는 개들이 그 주변을 뛰어다녔다.

나폴레옹은 앞발에 채찍을 들고 서 있었다.

그러자 쥐 죽은 듯한 침묵이 흘렀다. 동물들은 놀라움과 공포에 질려서 한군데에 몰려 있었다. 거기서 그들은 마당을 천천히 돌며 행진해 나가는 돼지들의 모습을 지켜보았다. 마치 세상이 거꾸로 뒤집어진 것만 같았다. 충격이 조금이나마 가셔지자, 동물들은 이번에는 어떻게든 몇 마디 항의를 하려고 작정하고 있었다. 개들이 아무리 무섭더라도, 또 어떤 일이 일어나도 절대 불평하지 않고 비판하지 않는 습관이 오랜 세월 동안 굳어져 있었음에도 불구하고 말이다. 하지만 바로 그때, 마치 무슨 신호라도 받은 것처럼 양들이 목청을 높여 동시에 요란스럽게 외쳐대기 시작했다.

"네 다리는 좋고, 두 다리는 더 좋다! 네 다리는 좋고 두 다리는 더 좋다! 네 다리는 좋고, 두 다리는 더 좋다!"

양들은 5분 동안이나 이 소리를 쉬지 않고 외쳐댔다. 양들의 소리가 잦아들었을 때, 이미 돼지들이 농장 주택으로 돌아가 버려서, 동물들이 항의할 기회도 함께 사라지고 말았다.

벤저민은 누군가가 자신의 어깨에 코를 비벼대는 것을 느꼈다. 그녀는 바로 클로버였다. 클로버의 늙은 눈은 더 흐릿해 보였다. 그녀는 아무 말 없이 벤저민의 갈기를 부드럽게 잡아당겼다. 그러고 나서 일곱 계명이 적혀 있는 헛간 벽으로 그를 데리고 갔다. 잠시 동안 둘은 타르 칠을 한 벽에 적혀 있는 흰 글씨를 바라보며 서 있었다.

"이젠 글씨가 잘 보이지 않네요."

드디어 클로버가 말하기 시작했다.

"젊었을 때도 저기 적혀 있는 글을 읽지 못했죠. 하지만 저 벽이 좀 달라지지 않았나요? 일곱 계명이 예전의 것과 똑같나요, 벤저민?"

벤저민은 이번만은 복잡한 일에 끼어들지 않는다는 자신만의 철칙을 깨뜨리기로 했다. 그는 벽에 쓰여 있는 글들을 클로버에게 읽어 주었다. 거기에는 일곱 계명은 없고 단 하나의 계명만 남아 있을 뿐이었다. 하나의 계명은 다음과 같았다.

　　모든 동물들은 평등하다.
　　그러나 어떤 동물들은 다른 동물들보다 더 평등하다.

　　그런 일이 있고 난 다음 날, 농장 일을 감독하는 돼지들이 모두 앞발에 채찍을 들고 서 있었는데도 별로 이상해 보이지 않았다. 또 돼지들이 라디오를 구입하고, 전화를 설치하고, 〈존 불〉이나 〈티트 비츠〉, 〈데일리 미러〉 같은 신문 잡지의 정기 구독을 신청했다는 소식이 들려 왔어도 하나도 이상해 보이지 않았다. 게다가 나폴레옹이 파이프를 물고 농장을 산책하고 있는 모습이 보여도 이상해 보이지 않았다. 아니, 돼지들이 농장 주택에서 존스 씨가 입었던 옷을 꺼내 입거나, 나폴레옹이 검정색 코트에 반바지 사냥복, 그리고 가죽 각반을 두르고 나타나거나, 그가 좋아하는 암퇘지가 옛날 존스 씨의 부인이 일요일마다 입던 물결무늬 실크 드레스를 입고 나타난다고 하더라도 조금도 이상해 보이지 않았다.
　　일주일이 지난 어느 날 오후, 이륜마차 여러 대가 농장 안으로 들어왔다. 이웃 농장의 주인들로 구성되어 있는 대표단이 동물농장을 시찰하도록 초대받고 온 것이다. 그들은 농장을 이리저리 둘러보면서 보는 것마다 감탄을 금치 못하고 있었다. 특히, 풍차를 보고 더더욱 그랬다. 동물들은 순무 밭에서 잡초를 뽑고 있었다. 동물들은 인간처럼 변한 돼지들을 더 무서워해야 할지, 아니면 농장을 방문한 인간들을 더 두려워해야 할지 도저히 알 수가 없었다. 다만 그들은 땅바닥으로 고개를 떨어뜨린 채 열심히 일하고 있었다.

그날 밤, 농장 주택에서는 큰 웃음소리와 노랫소리가 흘러나왔다. 동물들은 인간과 동물의 음성이 마구 뒤섞인 소리가 들려오자 갑자기 호기심이 일어나기 시작했다. 동물과 인간이 처음으로 동등한 자격으로 만났는데, 도대체 저 안에서 무슨 일이 벌어지고 있는 걸까? 동물들은 농장 주택 안에서 무슨 일이 벌어지고 있는지 매우 궁금했다. 그래서 동물들은 모두 모여서 농장 주택 쪽으로 살금살금 기어 들어가기 시작했다.

동물들은 농장 주택 앞에 도착하자 들어가는 것이 겁이 나서 발걸음을 주춤거렸다. 클로버가 앞장서서 동물들을 데리고 정원으로 들어섰다. 동물들은 더욱더 조심스럽게 집을 향해 다가갔다. 키 큰 동물들은 식당 창문을 통해 방 안을 들여다보았다. 식당 안에는 농장주 여섯 명과 고위층 돼지 여섯 마리가 긴 식탁 주변에 앉아 있었다. 거기서 나폴레옹은 식탁의 한가운데 상석에 앉아 있었다. 돼지들은 아주 편안한 모습으로 의자에 앉아 있었다. 모두들 건배를 하기 위해 카드놀이를 잠시 중단하고 잔을 들고 있는 게 분명해 보였다. 큰 술항아리가 돌았고, 잔에는 계속 맥주가 가득 채워졌다. 안에 있는 그 누구도 창문을 통해 안을 들여다보고 있는 동물들의 모습을 전혀 알아차리지 못했다.

폭스우드 농장의 필킹턴 씨가 맥주잔을 손에 들고 일어섰다. 잠시 후, 그는 참석한 일행에게 건배를 청하기 전에 몇 마디 꼭 전하고 싶은 말이 있다고 했다.

필킹턴 씨는 오랜 세월 동안 축적되어 왔던 오해와 불신이 이제 드디어 사라진 것에 대하여 매우 만족스럽게 생각하며, 여기에 참석해 있는 다른 분들도 자신과 생각이 같을 것으로 확신한다고 말했다. 그는 자신이나 여기에 지금 참석한 그 누구도 그런 감정을 갖고 있지는 않지만, 한때 이웃 인간들이 이 농장의 존경스런 운영자를 적의라고 하기는 그렇지만 어느 정도 의심의 눈빛을 갖고 바라보던 때도 있었다고 전했다. 물론 불행한 사건들도 있었고, 잘못된 소문들이 퍼져 나가기도 했었다고 했다. 돼지들이 소유하고 경영하는 농장이 있다는 걸 비정상적이라고 여기기도 했고, 혹시 이웃들에게 좋지 않은 영향을 미치면 어쩌나 하며 걱정스러워하는 사람들도 있었다고 전했다. 실제 많은 농장주들은 정확하게 알아보지도 않고 그런 농장에서는 방종과 무질서한 풍조가 퍼져 있을 거라고 단정했다고 말했다. 그들은 자기들이 키우고 있는 동물들과 일꾼들이 동물농장의 좋지 않은 영향에 물들지 않을까 불안해하기도 했다고 했다. 하지만 그런 모든 의혹들이 깨끗이 해소됐고, 자신은 친구들과 함께 동물농장을 방문해 구석구석을 돌아보고 나서 다음과 같은 것들을 발견했다고 밝혔다. '최신식의 영농 방식뿐만 아니라 모든 농장주들이 본받아 마땅한 높은 규율과 질서!' 자신은 이 동물농장의 하층 동물들이 이 지방의 그 어떤 동물들보다 일을 더 많이 하면서도 더 적게 먹는 게 사실이라고 자신의 생각을 밝혔다. 게다가 자신과 동료 방문자들은 앞으로 오늘 동물농장에서 발견한 많은 장점들을 당장 자기네 농장에 도입할 것이라고도 했다.

필킹턴 씨는 동물농장과 이웃 농장들 사이에 지금가지 유지되어 왔고, 앞으로도 유지되어 마땅할 우호적인 감정을 다시 한 번 강조하며 인사말을 끝맺겠다고 말했다. 돼지들과 인간들 사이에는 어떤 이해관계로도 충돌할 일이 없었고, 그런 충돌이 있을 필요도 전혀 없다. 그들이 투쟁해야 할 이유와 어려움은 똑같은 것이었다. 노동 문제는 어느 곳에서나 똑같은 문제 아니겠는가? 이 부분에서 필킹턴 씨는 아주 조심스럽게 미리 준비해 온 재담을 꺼내려 한 것이 분명해 보였다. 하지만 그 말을 막 꺼내려는 순간, 자기가 하려고 했던 말이 너무 우습다는 생각이 들어 웃음이 터져 잠시 말을 잇지 못했다. 그는 웃음을 참아내느라 두 개로 겹쳐져 보이는 주름진

턱살이 빨갛게 변하도록 숨을 멈추었다가 가까스로 말을 꺼냈다.

"여러분, 여러분들이 상대해 다스려야 할 하위층 동물들이 있다면, 우리 인간들에게는 상대해 다스려야 할 하위층 계급들이 있습니다."

모두들 이 재치 있는 농담에 큰 소리로 웃어댔다. 필킹턴 씨는 다시 한 번 돼지들에게 동물농장의 적은 식량 배급, 긴 노동시간, 방종한 자유를 주지 않는 점들에 대해서 높은 찬사를 보냈다.

필킹턴 씨가 일동에게 모두 일어나 잔을 가득 채우자고 제안했다.

"신사 여러분, 건배합시다. 동물농장의 발전을 위해, 건배!"

그러자 열광적인 환호가 터져 나왔고, 발 구르는 소리도 들렸다. 나폴레옹은 필킹턴 씨의 연설을 듣고 너무 흡족한 나머지 자리에서 일어나 탁자를 돌아서 필킹턴 씨에게로 다가갔다. 그런 다음 자신의 잔을 그의 잔에 부딪치고 나서 술을 쭉 들이켰다. 박수 소리가 조금 잦아들자, 나폴레옹은 선 채로 자기도 몇 마디의 말을 전하고 싶다는 뜻을 내비쳤다.

나폴레옹의 연설은 항상 그랬던 것처럼 이번에도 짧고 간단했다. 그는 자기도 오해의 시대가 끝난 것을 매우 다행스럽게 생각한다고 말했다. 자기와 동료 돼지들의 세계관이 파괴적이고 혁명적이기까지 하다는 소문들이 떠돌기도 했다고도 했다. 하지만 실제로 그것은 헛소문에 불과하며, 그런 헛소문은 악의를 품은 적들이 퍼뜨린 것으로 안다고 했다. 자신들은 이웃 농장의 동물들에게 반란을 부추기고 있다는 오해를 받았던 적도 있었다고 했다. 하지만 그런 소문은 전혀 사실이 아니라고 말했다. 또 나폴레옹은 자기들의 유일한 소망은, 지금도 그렇고 과거에도 그랬듯, 이웃 농장들과 정상적인 사업 관계를 유지하며 평화롭게 사는 것이라고 말했다. 게다가 나폴레옹은 자신이 맡고 있는 이 농장은 협동 기업이라그 덧붙였다. 자신이 갖고 있는 농장의 권리증서는 자신이 보관하고 있기는 하지만 돼지들이 공동으로 소유하는 것이라고 했다.

나폴레옹은 예전의 의혹이 아직 남아 있다고는 생각하지 않는다고 운을 뗐다. 그러고 나서 최근 들어 농장의 일상 규정이 조금 바뀌었고, 이러한 조치는 대외적으로 신뢰관계를 높이는 데 매우 효과적으로 작용할 거라고도 말했다.

"지금까지 농장 동물들은 서로 '동무'라는 호칭을 사용해 왔습니다. 하지만 이러한 우스꽝스런 관습을 앞으로 버리기로 했습니다. 또 언제부터 시작되었는지 확실하지는 않지만 동물들이 매주 일요일 아침마다 마당 기둥에 걸려 있는 수퇘지 해골 앞을 행진하는 기묘한 관습도 있는데, 이것 역시 버릴 것입니다. 이미 그 해골은 땅에 묻어 버렸습니다. 게다가 방문객 여러분들도 아마 게양대에 펄럭거리는 초록색 깃발도 보았을 것입니다. 아마 그 깃발에 그려져 있던 흰색 발굽과 뿔이 이제 모두 지워졌다는 것도 아셨을 것입니다. 앞으로는 아무 그림도 없는 그냥 단순한 초록색 깃발만이 사용될 것입니다."

나폴레옹은 필킹턴 씨의 훌륭하고도 우호적인 감정에서 비롯된 연설 가운데 한 가지만큼은 지적하고 싶다고 말했다.

"필킹턴 씨는 지금까지 계속해서 '동물농장'이라는 말을 쓰셨습니다. 물론 필킹턴 씨는 우리 농장의 이름이 바뀌었다는 사실을 알 수 없었을 것입니다. 왜냐하면 제가 지금 처음으로 '동물농장'이란 이름이 폐지되었음을 알리기 때문입니다. 이제부터 우리 농장은 '매너 농장'으로 불릴 것이며, 이는 이 농장의 정확한 원래 이름입니다."

연설을 끝마친 나폴레옹이 마지막으로 말했다.

"신사 여러분, 필킹턴 씨처럼 나도 건배를 제의하고 싶소. 하지만 형식을 좀 달리 하겠소. 일단 여러분의 잔을 가득 채우세요. 신사 여러분, 건배합시다. 매너 농장의 발전과 번영을 위하여!"

그러자 또 한 번의 열렬한 환호가 터져 나왔고, 모두들 들고 있던 잔을 완전히 싹 비웠다. 하지만 창 밖에서 안을 들여다보던 동물들은 뭔가 이상한 일이 벌어지고 있다는 기분이 들었다. 돼지들의 얼굴에서 무엇이 변한 걸까? 클로버는 늙고 흐릿한 눈으로 돼지들의 얼굴을 차례로 쳐다봤다. 어떤 돼지는 턱이 다섯 개였고, 어떤 돼지는 네 개였으며, 어던 돼지는 세 개였다. 하지만 점점 그 모습이 바뀌고 있는 것처럼 여겨지는 건 무엇 때문일까? 그렇게 박수 소리와 환호가 끝나고 나서, 인간과 돼지들은 카드를 집어 들고 전에 중단되었던 게임을 다시 시작했다. 그래서 그들을 엿보던 바깥의 동물들은 아무 말 없이 농장 마당에서 빠져나갔다.

하지만 동물들은 20미터도 채 못 가서 발길을 멈추었다. 농장 주택에서 요란하게 떠드는 소리가 터져 나왔기 때문이었다. 동물들은 다시 창가로 달려가 창문 안을 들여다보았다. 이때, 격렬한 언쟁이 벌어지고 있었다. 방 안에서는 고함을 지르고, 탁자를 치며, 의심의 눈초리로 날카롭게 노려보고, 서로의 말을 맹렬하게 부정하는 모습이 보였다. 짐작해 보니, 나폴레옹과 필킹턴 씨가 카드 게임 중에 동시에 스페이드 에이스를 내놓은 것 때문인 듯했다.

돼지와 인간 열두 명이 화난 목소리로 맞고함을 치고 있었다. 그런데 모두 목소리가 비슷해서 서로 구분이 되지 않았다. 이제 돼지들의 얼굴에 어떤 변화가 일어났는지 제대로 알 수 있었다. 바깥에 있던 동물들은 돼지를 쳐다보다가 긴간을,

그리고 인간을 쳐다보다가 돼지를, 그리고 다시 돼지를 쳐다
보다가 인간을 그렇게 순차적으로 눈길을 옮겨 가곤 했다. 하
지만 누가 돼지고 누가 인간인지, 누가 인간이고 누가 돼지인
지, 도무지 어떤 게 어떤 건지 전혀 구별할 길이 없었다.

동물
농장

작품 해설 및 작가 연보

『동물농장(Animal Farm)』 작품 해설

1. 작가의 생애

1903년 6월 인도 벵골에서 출생한 조지 오웰(George Orwell, 1903~1950)의 본명은 에릭 아서 블레어(Eric Arther Blair)이다. 그는 영국 이튼(Eton) 학교에서 수학한 후 1922년부터 1927년까지 버마에서 경찰로 근무한다. 이때의 경험은 훗날『버마의 나날(Burmese Days)』(1934)이라는 작품이 탄생하는 계기가 된다. 1933년에는 그가 스스로 일용직 노동자의 삶을 택한 뒤 빈곤한 생활을 체험한 후에 쓴 첫 소설『파리와 런던의 밑바닥 인생(Down and Out in Paris and London)』이 출간된다. 그러다 1936년, 스페인 내전에 참전했던 그는 부상을 당하고 다시 영국으로 돌아온다. 그 무렵, 조지 오웰은 잉글랜드 노동자의 빈곤한 삶을 묘사한『위건 부두로 가는 길(The Road to Wigan Pier)』이라는 작품과 전쟁에 대한 환멸을 바탕으로 쓴『카탈로니아 찬가(Homage to Catalonia)』를 출간한다. 1945년에는 독재주의와 사회주의를 비판한『동물농장(Animal Farm)』을, 1949년에는 전체주의의 권력에 굴복하는 인간의 모습과 현대사회의 문제점들을 예리하게 포착한『1984(Nineteen Eighty Four)』를 출간하게 된다. 그러다 1949년, 지병이였던 폐결핵이 악화되면서 1950년, 47세의 나이로 생을 마감한다.

2. '자유와 행복'을 위한 투쟁

『동물농장』은 매너 농장의 농장주인 인간 존스에게 핍박받던 동물들이 지혜로운 돼지 메이저 영감의 연설로 인해 자신이 처한 현실에 눈을 뜨며 반란을 모의하는 이야기로 시작된다.

자, 동무들! 지금 우리는 어떠한 삶을 살아가고 있습니까? 우리 앞에 놓인 현실을 똑바로 진지하게 살펴봅시다. 우리네 삶은 비참하고 고달프며 짧습니다. 우리는 이 세상에 태어난 직후부터 목숨을 간신히 부지할 만큼 적은 양의 먹이만을 받아먹고, 일할 수 있는 동물들의 경우에는 목숨이 붙어 있는 마지막 순간까지 일하도록 강요당하고 있습니다. 그러고 나서 더 이상 아무 쓸모가 없게 되었다고 여겨지는 날, 아주 처참하게 살육당하고 맙니다.

(⋯)

하지만 이것이 진정한 자연의 섭리라고 할 수 있을까요? 우리가 사는 이 나라 땅이 너무나 척박해서 우리가 여유로운 생활을 누릴 수 없는 것일까요? 아니요, 아닙니다. 동무들, 결코 그렇지 않습니다! 우리 영국은 땅이 기름지고 기후가 좋아서 현재 살고 있는 동물들보다 훨씬 더 많은 수의 동물들이 산다 해도 그 동물들을 먹여 살리고도 남을 만큼 충분한 식량을 보유하고 있습니다. (…) 그렇다면 우리는 왜 이런 비참한 상태로 살 수밖에 없는 걸까요? 우리가 힘들게 노동해서 생산한 것들 대부분을 인간이 빼앗아 가기 때문입니다. 동무들, 우리가 안고 있는 문제를 해결해 줄 정답이 바로 여기에 있습니다. 한마디로 정리하면 모든 문제의 근원은 '인간'입니다. 인간이야말로 우리의 유일한 진짜 적입니다. 인간을 몰아내면 우리의 굶주림과 고된 노동으로 생긴 피로의 근원이 영원히 사라질 것입니다.

메이저 영감의 연설에 감화된 동물들은 매일 힘들게 일을 하고도 제대로 먹지도 못하는 자신들의 불행한 삶의 원흉은 바로 인간이라는 사실을 깨닫고, 합심하여 인간을 몰아내기로 결심한다. 그들은 존스 몰래 반란을 준비하여 그를 몰아내고 자신들만의 농장을 세운다. 동물들의 목표는 오직 하나, 그들만의 세계를 만들어 '자유와 행복'을 되찾는 것이었다.

존스를 내쫓은 뒤 얼마간은 동물들은 자유롭고 행복한 생활을 누리게 된다. 하지만 그것도 잠시, 풍차 건설 계획과 관련해 스노볼과 나폴레옹이라는 돼지들이 대립하게 된다. 나폴레옹은 사나운 개들을 동원해 스노볼을 내쫓고, 그때부터 그의 독재가 시작된다. 폭군인 인간들을 몰아내기 위해 혁명의 의지를 불태우며 부르던, 들판을 뛰어다니며 귀리와 건초를 배불리 먹고 자유를 누릴 수 있는, 오직 동물들만의 세상이 되는 '그 날'을 꿈꾸며 모든 동물들이 하나 되어 부르던 〈영국의 동물들〉이라는 노래도 언젠가부터 금지곡이 되어버린다. 이미 지배와 피지배, 주종관계가 성립된 동물농장에서 이 노래를 부른다는 것은 이제 권력자에 대한 도전이자 반항을 뜻하는 것이기 때문이었다.

쉬지 않고 열심히 일했던 동물들 덕분에 동물농장의 수입은 점점 늘어나기 시작한다. 하지만 돼지들과 그들의 측근을 제외한 다른 동물들의 삶은 여전히 비참하기만 하다. 돼지들은 타도의 대상이었던 인간들과 교류하며 자신의 배를 채워나가고, 동물들의 자유와 평등, 행복을 위한 혁명의 슬로건이었던 일곱 계명도 차츰 바뀌어간다.

"젊었을 때도 저기 적혀 있는 글을 읽지 못했죠. 하지만 저 벽이 좀 달라지지 않았나요? 일곱 계명이 예전의 것과 똑같나요, 벤저민?"

벤저민은 이번만은 복잡한 일에 끼어들지 않는다는 자신만의 철칙을 깨뜨리기로 했다. 그는 벽에 쓰여 있는 글들을 클로버에게 읽어 주었다. 거기에는 일곱 계명은 없고 단 하나의 계명만 남아 있을 뿐이었다. 하나의 계명은 다음과 같았다.

모든 동물들은 평등하다.
그러나 어떤 동물들은 다른 동물들보다 더 평등하다.

어떤 동물도 인간들의 침대에서 잠을 자서는 안 되고, 동물들을 죽여서는 안 되며, 술을 마셔서는 안 된다는 등의 동물들의 일곱 계명을 모두 어긴 돼지들은, 어떤 동물도 '시트를 깐' 인간들의 침대에서 잠을 자서는 안 되고, 동물들을 '이유 없이' 죽여서는 안 되며, 술을 '너무 많이' 마셔서는 안 된다는 식으로 자신들에게 유리한 쪽으로 계명을 고쳐나간다. 그러다 결국 마지막엔 하나의 계명만을 남긴 채 모두 없애 버린다. 이는 나폴레옹과 그들을 따르는 무리들의 독재와 횡포를 정당화하기 위한 수단으로 작용하게 된다. 돼지들은 이제 다른 동물들보다 '더 평등한' 대우를 받아야 하는 '어떤 동물'로서 동물들의 위에 군림한다. 한층 더 강력해진 나폴레옹의 독재 체제 속에서 동물들은 이전보다 더 많은 착취와 유린을 당하며 살아가게 된다.

3. 날카로운 현실 인식과 풍자

『동물농장』이 출간되던 1945년 8월 17일은 제2차 세계대전이 종식되고 우리나라가 해방이 되던 시기였다. 당시 러시아 사회는 민중의 생존권이 유린당하고 부패한 정치가 만연하던 혼란스러운 상태였다. 러시아 민중들은 부조리한 것들을 바로잡기 위해 혁명을 일으켰으나 큰 성공을 거두지 못했고, 혁명 후 독재자 스탈린은 무소불위의 권력을 휘두르며 민중들을 더욱 핍박했다. 이 작품에 등장하는 최고 권력자인 나폴레옹은 곧 스탈린을 상징한다고 볼 수 있다.

이 책은 출간되자마자 베스트셀러가 되어 영국과 미국에서 큰 반향을 일으켰다. 하지만 『동물농장』이 출간되기까지는 많은 어려움이 있었다. 오웰은 1943년 말에 이 작품을 집필하기 시작해서 다음 해 2월에 탈고를 했으나, 탈고 후 1년 반이나 지나서야 겨우 출간할 수 있게 된다. 볼셰비키 혁명 이후, 당시 스탈린이 독재를 하던 소련의 정치 상황을 비판했다는 이유로 수많은 영미 출판사들로부터 거절을 당했기 때문이었다.

이 작품에 등장하는 농장주인 존스는 러시아 황제인 니콜라스 2세, 메이저는 마르크스, 스노볼은 스탈린에게 축출당한 트로츠키, 나폴레옹은 스탈린, 돼지들은 볼셰비키, 복서는 민중, 동물들의 반란은 러시아 혁명, 동물학살은 스탈린 시대의 대숙청으로 볼 수 있다. 오웰은 이 작품의 화살이 단지 스탈린 정권만을 향한 것이 아니라 일반적인 독재 정치 또한 겨냥하고 있다고 말했다. 그러므로 이 작품은 어느 특정 시대에만 국한되는 것이 아니다. 시공을 초월한 보편성을 지닌, 현재를 살아가는 우리도 충분히 공감할 수 있는 이야기인 것이다.

오웰은 사회주의자였으나 무조건적이고 맹목적인 입장을 고수하지는 않았다. 그는 비판적인 안목을 지닌 사회주의자로서, 타락하고 부패한 러시아의 사회주의를 결코 사회주의로 인정하지 않았으며 독재라고 보았던 것이다. 분노한 민중들은 더 이상 참지 못하고 힘을 모아 혁명을 일으켰다. 하지만 혁명 후에도 민중들의 삶은 개선되지 않았기에, 오웰은 당대 러시아 사회를 '우화(Fable)'라는 형식을 빌려, 작가로서 자신이 할 수 있었던 또 다른 혁명을 일으켰던 것이다. 그는 이 작품 『동물농장』을 시작으로 본격적으로 정치와 예술이 결합된 작품을 집필하기 시작했다. 물론 우화라는 형식을 차용한 작품은 『이솝우화(Aesop's Fables)』나 『걸리버 여행기(Gulliver's Travels)』처럼 『동물농장』 이전에도 선례가 있었다. 다소 무겁고 위험할 수도 있는 정치적 상황을 검열의 눈을 피해 풍자하며 조소하기에 우화라는 기법은 탁월한 선택이었던 것이다.

4. 희망의 빛을 찾아서 – '우리'가 만들어 가는 사회

이 작품은 우리에게, 모두가 함께 자유와 행복을 누리기 위해서는 어떻게 해야 하는가에 관한 질문을 제시하고 있다. 동물들의 반란은 자유와 평등, 행복이라는 기본권을 보장받기 위한 투쟁이었다. 그들은 처음에 힘을 합쳐 악랄한 농장주인 존스를 몰아내고 자신들만의 계율을 정해 실천하려고 노력하였다. 하지만 나폴레옹이라는 돼지의 탐욕으로 동물 사회에 균열이 생기고 결국 나폴레옹은 동물들의 지배자로 군림하며 그들을 착취한다. 그는 필킹턴, 프레더릭 등 처음부터 동물들의 타도의 대상이었던 인간들과 거래를 하며 경제적 이익을 얻기도 한다. 하지만 동물들은 처음에 정한 계명대르 실행하지 않는 나폴레옹의 태도를 의아하게 여기면서도 강결하게 저항하지 않는다. 이의를 제기하며 나폴레옹의 권위어 도전하는 동물들은 그 자리에서 즉시 처형되었기 때문이다. 나폴레옹이 두렵기만 한 동물들은 그의 명령에 무조건 복종하며 소극적이고 무기력한 태도를 보인다. 그들은 예전보다 더 많은 일을 하면서도 오히려 굶주리는 상황에 처하며 인간들에게 착취당했을 때와 마찬가지로 비참한 삶을 살게 된다

돼지와 인간 열두 명이 화난 목소리로 맞고함을 치고 있었다. 그런데 모두 목소리가 비슷해서 서로 구분이 되지 않았다.

이제 돼지들의 얼굴에 어떤 변화가 일어났는지 제대로 알 수 있었다. 바깥에 있던 동물들은 돼지를 쳐다보다가 인간을, 그리고 인간을 쳐다보다가 돼지를, 그리고 다시 돼지를 쳐다보다가 인간을 그렇게 순차적으로 눈길을 옮겨 가곤 했다. 하지만 누가 돼지고 누가 인간인지, 누가 인간이고 누가 돼지인지, 도무지 어떤 게 어떤 건지 전혀 구별할 길이 없었다.

작품의 마지막 부분에서 돼지와 인간이 함께 술을 마시며 카드 게임을 하는 장면이 제시되는데 작가는 이 부분에서 '누가 인간이고 돼지인지 구별할 수 없는 상태'가 되었다고 서술하고 있다. 오웰은 이 작품에서 권선징악, 인과응보라는 결말을 뚜렷하게 제시하지는 않는다. 다만 '인간화된 돼지, 돼지화된 인간'이라는 모습을 통해 그들의 타락과 파멸을 암시할 뿐이다.

나폴레옹은 갑자기 결심이라도 한 듯이 걸음을 멈추었다. 그는 조용한 목소리로 말을 꺼냈다.

"동무들, 이게 과연 누구의 소행일까요? 한밤중에 우리 곁에 몰래 찾아와서 풍차를 무너뜨린 게, 누구인지 알겠소? 바로 스노볼이오, 스노볼!"

그는 갑자기 목청을 높이며 우레 같은 목소리로 외쳤다.

"이건 분명히 스노볼의 만행이오. 그는 야심한 밤을 틈타 몰래 이곳에 잠입한 거요. 그래서 거의 1년이나 공들인 우리들의 작업을 파괴해 버린 것이오. 이것은 순전히 우리에게 앙심을 품어 우리 계획을 좌절시킨 것이란 말이오. 자신이 수치스럽게 추방당한 것을 복수하기 위해 이런 만행을 저지른 것이죠. 동구들, 나는 지금 이 자리에서 스노볼에게 사형을 선고하는 바입니다."

나폴레옹은 코를 땅에 대고 여러 번 깊이 냄새를 들이 맡은 뒤, 무서운 목소리로 외치곤 했다.

"스노볼! 스노볼이야! 그 놈이 여기 왔다 갔어! 분명 그 놈이 남겨 놓은 냄새라고!"

그가 스노볼이란 말을 할 때마다 개들은 자신의 송곳니를 드러내며 으르렁거렸다.

동물들은 완전히 겁에 질려 버렸다. 그들에게 스노볼은 눈에 보이지 않으면서도 공기 속에 퍼져 자신들에게 영향을 끼치는 존재처럼 느껴졌다. 마치 자신들 주변으로 파고 들어와 갖은 종류의 위험으로 협박을 가하는 이상한 힘처럼 여겨졌다.

나폴레옹에게 대적할 만한 상대는 아무도 없었다. 심지어 인간들마저도 그의 앞에선 머리를 숙였을 만큼 그는 각강한 권력을 가진 최고의 권위자로서 동물농장이라는 세계를 지배하고 있었던 것이다. 앞서 언급했듯 나폴레옹이 독재자 스탈린을 상징한다면 스노볼은 그에 의해 부당하게 축출된 트로츠키를 상징한다고 볼 수 있다. 이 작품에서 스노볼은 나폴레옹에게 추방당해 일찍부터 모습을 감추지만, 말 그대로 그는 추방당한 것이었을 뿐, 죽어서 소멸된 것은 아니었다. 나폴레옹은 스노볼이 자취를 감춘 뒤에도 항상 그를 경계했다. 더 이상 두려울 것이 없어 보였던 나폴레옹도 스노볼의 그림자에서 완전히 자유로울 순 없었던 것이다. 나폴레옹은 자신의 계획에 차질이 생길 때마다 가장 먼저 스노볼을 떠올렸으며, 보이지 않으면서도 어딘가에 존재하며 위력을 가한다고 생각했기에 더욱 두려운 존재로 인식되었던 것이다.

복서와 벤저민이 막 자리를 잡자마자, 어미를 잃은 새끼 오리 한 무리가 줄을 지어 헛간 안으로 들어왔다. 새끼 오리들은 가냘픈 소리를 내면서 다른 동물들의 발굽에 밟히지 않을 만한 안전한 자리를 찾느라 이리저리 돌아다녔다. 클로버가 큰 앞발을 이용하여 새끼 오리 주변에 울타리 같은 공간을 만들어 주자, 새끼 오리들은 그 안으로 들어가 자리를 잡고서 금세 잠이 들어 버렸다.

복서는 밤낮으로 열심히 일했고, 힘든 일이 있는 곳이라면 항상 그가 있었다. 그는 한 수탉에게 매일 아침 다른 동물들보다 30분 먼저 자신을 깨워 달라고 부탁했다. 또 그날 정규 길과가 시작되기 전, 가장 힘들게 보이는 일을 골라 자발적으로 해치웠다. 어떤 어려운 문제나 힘든 일에 직면하더라도, 늘 "내가 좀 더 일하면 되지, 뭐." 하고 대답했다. 실제로 복서는 이 말을 자신의 좌우명으로 삼고 있었다. (…) "도저히 나는 이해하지 못하겠어. 우리 농장에서 이런 일들이 일어날 거라고는 생각조차 못했어. 우리가 뭔가 잘못했기 때문일 거야. 지금보다 더 열심히 일하는 것이 해결책이라고 생각해. 나는 지금부터 아침에 한 시간씩 더 일찍 일어날 거야."

암말 클로버와 힘이 센 수말 복서는 작품 속에서 오웰이 가장 긍정적으로 그려낸 동물들이다. 클로버는 새끼 오리들이 다치지 않도록 곁을 내어주는 따뜻한 성품을 지녔고, 복서는 어리석을 만큼 자신의 몸을 희생하며 우직하게 일했다. 하지만 복서가 늙고 병들어 더 이상 이용 가치가 없어지자 나폴레옹은 수의사에게 치료를 맡긴다는 핑계로 복서를 도축업자에게 팔아넘긴다. 누구보다 성실했던 복서였기에 그의 비참한 죽음이 더욱 안타깝게 느껴진다.

오웰은 이 작품에서 희망이나 절망이라는 명쾌한 결말을 제시하지 않는다. 그는 다만 부조리한 현실을 조롱하그 냉소를 보일 뿐이다. 하지만 나폴레옹이 마지막까지 떨쳐낼 수 없었던 스노볼의 그림자와 어딘가에서 다시 재기할 준비를 하고 있을지도 모를, 여전히 살아 있는 스노볼의 존재를 통해, 메말라가던 어두운 현실 속에서도 따뜻한 마음을 지니고 있던 클로버와 성실하고 우직한 복서에게서 한 줄기 희망의 빛을 보았다면 무리한 해석일까.

올바른 사회를 정립하기 위해서는 지배자와 피지배자, 즉 지도자와 국민 모두가 함께 노력해야 하며, 그렇게 해야만 비로소 희망이라는 가능성을 볼 수 있는 것이다. 동물들을 그저 돈벌이 수단으로만 여기고 온갖 학대를 일삼던 인간을 몰아낸 후에도 동물들이 자유와 평화, 행복을 되찾을 수 없었던 이유는 단지 나폴레옹이라는 독재자만의 잘못은 아닐 것이다. 동물들이 자신들의 권리를 찾기 위해 좀 더 적극적이고 주체적으로 행동했다면 상황은 달라지지 않았을까.

부조리와 부패는 어느 시대에도, 어느 곳에도 존재했으며 지금도 마찬가지이다. 거기에 순응하며 살아갈 것인지 아니면 지난날 4.19 혁명과 5.18 민주화 운동이 그랬던 것처럼, 또 광화문 광장에 모인 수많은 촛불에서 희망을 보았던 것처럼 국민들 스스로가 자신의 목소리를 내며 힘을 모을 것인지는 각자의 몫이며 선택이다. 한 사람의 힘으로 세상은 쉽게 바뀌지 않겠지만, 세상을 바꿀 수 있는 건 그 한 사람의 용기와 의지에서 비롯된다는 사실은 변함없을 것이다.

작가 연보

- 1903년 인도 벵골의 모티하리에서 영국 세관원의 다들로 태어남. 본명은 에릭 아서 블레어.
- 1904년 어머니가 자식들의 교육을 위해 남편을 인도에 남겨둔 채 아이들을 데리고 영국으로 돌아감. 그들은 옥스퍼드 주 헨리온템즈에서 살게 됨.
- 1912년 아버지가 인도 세관에서 은퇴한 뒤, 12월 옥스퍼드 주 시프레이크로 이주하여 온 가족이 함께 살게 됨.
- 1917~1922년 왕실 장학금을 5년간 받으면서 명문 이튼 학교를 다님. 그 뒤 인도 왕실 경찰이 되어 버마에서 근구.
- 1927년 경찰이 적성에 맞지 않은 데다가 영국의 식민 정책에 강한 불만을 갖게 되어 경찰직을 사임. 문학 수엽을 하기 위해 영국 런던을 거쳐 프랑스 파리로 감. 파리어서 접시닦이를 하는 등 뜨내기 노동자 생활을 함.
- 1933년 본격적으로 작가 활동 시작. 런던과 파리에서의 가난하고 궁핍했던 생활을 그린 첫 소설 『파리와 런던의 밑바닥 인생』 출간. 이때부터 '조지 오웰'이라는 필명을 쓰기 시작.
- 년 버마에서 경찰로 근무하던 시절을 바탕으로 쓴 『버마의

나날』 출간.

- 1935년 『목사의 딸』 출간. 그 뒤 아내가 될 아일린 오쇼네시를 만남.

- 1936년 『엽란을 날게 하라』 출간. 결혼하고 나서 안정된 마음으로 창작에 전념. 하지만 스페인 내전이 발발하자 전쟁에 참여.

- 1937년 스페인 내전 참전 4개월 만에 목에 부상을 입고 영국으로 돌아옴. 영국 랭커셔 지방 탄광촌의 비참한 현실과 영국 사회주의의 실체를 고발한 『위건 부두로 가는 길』 출간.

- 1938년 스페인 내전의 경험을 바탕으로 쓴 『카탈로니아 찬가』 출간. 쇠약해진 몸을 돌보기 위해 아프리카 모로코로 여행을 떠남.

- 1939년 다시 영국으로 돌아간 뒤 무기력하게 살아가는 중년 부부를 그린 『공기를 찾아서』 출간. 부친 사망.

- 1940년 평론집 『고래 속으로』 출간. 7종 이상의 정기 간행물에 열두 편의 수필과 서평을 쓰는 등 매우 열정적으로 작업에 임함.

- 1941년 영국 BBC 방송국에 입사한 뒤, 2년 간 라디오 프로그램에서 대담 진행자, 뉴스 해설 집필자 등으로 일함.

- 1945년 최고의 풍자 소설로 알려진 『동물농장』 출간. 아내 아일린 사망.

●1946년 『1984』 집필 시작. 병세가 나빠짐.

●1949년 대표작 『1984』 출간.

●1950년 런던에서 갑작스런 각혈 후 폐결핵으로 사망. 사후
에 평론집 『코끼리를 쏘며』 출간.

●1953년 자전적 에세이 『그 즐거웠던 시절』, 『영국, 그대의
영국』 출간.

생각뿔 | 세계문학 미니북 클라우드 라이브러리

거장의 숨소리를 만나는 특별한 여행

생각뿔 세계문학 미니북 클라우드 라이브러리는 계속 출간됩니다.
*** 근간 목록은 발간 순에 따라 변경될 수 있습니다.

옮긴이 | 안영준

고려대학교 국어국문학과를 졸업했다. 공립 중등국어교사로 8년 동안 근무했으며 대치동에서 논술 전임강사로 활동하기도 했다. 현재는 1인 지식 창업 및 책 쓰기 코칭을 하며 영한 번역을 하고 있다. 옮긴 책으로는 『1984』, 『데미안』, 『위대한 개츠비』, 『노인과 바다』, 『동물농장』, 『오만과 편견』 등이 있다.

해설 | 엄인정

국민대학교 국어국문학과를 졸업하고 동 대학원에서 국어교육학을 전공했다. 현재 단행본 편집과 영한 번역 업무를 병행하며 프리랜서로 활동 중이다. 옮긴 책으로는 『데미안』, 『톨스토이 단편선』, 『오만과 편견』, 『카프카 단편선』, 『그리스인 조르바』 등이 있다.

동물농장

1판 1쇄 발행 2018년 8월 20일
1판 3쇄 발행 2020년 5월 15일

지은이 조지 오웰
옮긴이 안영준
해설 엄인정
펴낸이 이동국
편집 김영하
디자인 생각을 머금은 유니콘
마케팅 김사랑

발행처 생각뿔
주소 서울시 서초구 반포동 66-1 코웰빌딩 102호
전화 02-536-3295
팩스 02-536-3296
커뮤니티 www.facebook.com/tubook2018(페이스북)
e-mail tubook@naver.com
ISBN 979-11-964400-1-5(04840)
      979-11-964400-8-4(세트)

생각뿔은 '생각(Thinking)'과 '뿔(Unicorn)'의 합성어입니다.
신화 속 유니콘의 신성함과 메마르지 않는 창의성을 추구합니다.